소리사전

소리 사전

1판 1쇄 발행 2019년 7월 17일

지 은 이 윤혜선
펴 낸 이 신혜경
펴 낸 곳 마음의숲

대 표 권대웅
주 간 이효선
책임편집 전태영
편 집 송희영
디 자 인 임정현 박기연
마 케 팅 노근수 허경아

출판등록 2006년 8월 1일(제2006-000159호)
주 소 서울시 마포구 동교로 144-13(서교동 463-32, 2층)
전 화 (02) 322-3164~5 팩스 (02) 322-3166
이 메 일 maumsup@naver.com
인스타그램 @maumsup
용지 신승지류유통(주) 인쇄·제본 (주)상지사P&B

ISBN 979-11-6285-032-9 (03810)

*값은 뒤표지에 있습니다.

*잘못 만들어진 책은 구입하신 곳에서 교환해드립니다.

*이 도서의 국립중앙도서관 출판예정도서목록(CIP)은 e-CIP홈페이지(http://www.nl.go.kr/ecip)와 국가자료공동목록시스템(http://www.nl.go.kr/kolisnet)에서 이용하실 수 있습니다. (CIP제어번호: CIP2019025415)

소리 사전

윤혜선 지음

내게 위안을 주는
세상에서 가장 행복한 소리들

마음의숲

저자의 말

손이란 참 신비하죠. 글씨를 쓸 때, 악기를 연주할 때, 바느질을 할 때, 그림을 그릴 때, 책장을 넘길 때, 밥을 먹을 때, 요리를 하고 설거지를 할 때, 여드름을 짤 때, 몸을 씻을 때, 사랑하는 이를 쓰다듬을 때, 사랑하는 이를 안아줄 때 손의 구조와 움직임을 봅니다. 손은 참 놀랍고 신비롭다는 생각을 합니다. 어떻게 사람에게는 발만 있는 게 아니라 손도 있을까요. 놀랍고 아름답다고 생각합니다.

그러나 손이 가장 놀랍고 신비로운 순간은 마주잡을 때가 아닐까 합니다. 사람과 사람이 손을 마주잡고 길을 걸어갈 때, 그 두 사람은 혼자 손을 흔들어대며 걸어갈 때보다 느긋하고 편안한 사람이 됩니다. 어느 일본 시인의 말처럼 두 사람이 마주잡은 손안은 가장 어두운 곳이 되지요. 그러니, 가장 어두운 곳을 보듬어주며 함께 길을 걸어갈 때만큼 손이 신비로운 힘을 발휘하는 순간이 또 있을까요?

저는 그 소리를 쓰고 싶었습니다. 두 손을 마주잡은 사람들의 소리, 쓰러져 있는 사람의 손을 잡아 일으키는 사람들의 소리, 아파 누워 있는 사람의 마르고 힘없는 손을 잡아주는 사람들의 소리, 끝까지 놓지 않는 손이 가진 힘. 그 따스한 소리 말입니다.

손안에 어떤 어두움이 있더라도, 그 어두움이 세상에서 가장 어두운 것일지라도, 감싸쥐고 있는 손의 온기가 주는 위안은 어마어마한 것이지요.

저는 그 위안의 소리를 쓰고 싶었습니다.

좋은 소리를 쓰고 싶어서 혼자 오른손과 왼손을 마주잡아 보기도 했지요. 좋은 소리를 쓰고 싶어서 제 심장에서 나는 소리에 귀를 기울이고 숨을 죽여도 보았지요. 냉장고 돌아가는 소리가 날 때도, 냄비에서 음식이 끓을 때도, 드라이어를 사용할 때도, 양치를 할 때도, 차가 지나갈 때도 매번 귀를 기울였습니다. 매일 듣던 소리가 처음 듣는 소리가 되어 다가올 때의 기쁨은 아주 컸습니다. 사랑 고백을 받은 소녀처럼 헤실거렸지요.

세상은 소리로 가득차 있었습니다. 아름다운 것을 보고 놀라 눈을 깜빡일 때 나는 소리는 어떤 소리일까. 엉엉 울고 난 후 눈을 깜빡일 때 나는 소리는 어떤 소리일까, 책이나 게임에 열중한 아이의 숨소리는 어떤 소리일까, 코 골 때의 소리는 정말 드르렁 드르렁인가. 음식을 씹을 때, 걸을 때는 어떤 소리가 나나, 하루에도 몇 번씩 내리는 변기 물은 어떤 소리가 나나, 도량초등학교 뒷동산의 작은 산새는 어떻게 우나. 굴착기는 어떤 소리를 내며 땅을 파나.

이 모든 소리를 책에 다 담아내지는 못했지만, 소리를 글로 적기 위해 집중하던 시간들이 참 좋았습니다. 생각하고, 걷고, 읽고, 쓰던 시간들이었습니다.

글을 쓰며 아프고 고통스러운 순간도 많았지만, 희한하게도 좋았다, 라고 저는 기억합니다. 맑은 물에 흙 한줌만 뿌려도 그것은 흙탕물이 되는데, 희한한 일이죠. 그 외롭고 막막하던 시간들이 그저 좋았다. 맑았다. 맑은 물이었다… 라고 기억되니 말입니다.

"개구리는 잘 들어보면, 개굴 개굴 울지 않잖아요. 개구리 울음소리가 정확하게 어떤지 아시는 분?" 하고 물어봐주신 K선생께 감사의 말씀을 드립니다. 선생의 질문에 제가, "개구리는 꽈르륵 꽈르륵 울잖아요" 하고 대답하지 않았다면 이 책은 나올 수 없었을 것입니다. 고맙습니다. K선생님.

따스하고 아름다운 그림 그려주신 오리여인 작가님과 지면 내어주신 마음의숲 출판사에 깊이 감사드립니다. 첫눈 오던 날 출판사에서 받은 노란 책 상자를 생각하면 울퉁불퉁하던 마음에 다독다독 하얀 눈이 쌓이는 기분이 됩니다.

그것 아시나요?

허공을 꽉 채우는 것은 당신의 목소리입니다. 허공을 채우는 것은 당신의 몸에서 나온 진동과 떨림으로 공간을 메우는 당신의 에너지입니다. 빛은 사물의 한 부분을 밝히는 반면, 사물의 반대쪽에는 그림자를 지게도 하므로 허공을 다 채울 수 없습니다. 그러나 당신의 목소리만은 공간을 남김없이 다 채울 수 있습니다.

오리는 오리 소리를 내고, 고양이는 고양이 소리를 내고, 당신은 당신만의 목소리를 내지요. 나는 당신의 목소리가 좋습니다.

당신만의 목소리를 내는 당신이 나는 참 좋습니다.
시간을 내고, 마음을 내어 읽어주셔서 고맙습니다.

당신, 나의 소리. 나의 에너지.

2019년 6월. 여름의 발등이 보이는 날.

윤혜선

차례

2부_ 온기와 위로의 소리

3부_ 바람의 웃음소리

4부_ 침묵의 소리

당신의 목소리

1부

빗방울 소리

당신과 함께한 시간 중, 가장 충만했던 순간은 함께 우산을 썼던 순간이 아닐까. 나보다 이십 센티미터는 더 큰 당신이 우산을 들고 내 왼쪽 어깨를 감싼 순간이 아닐까. 그 순간 내 오른쪽 어깨가 당신의 겨드랑이 속으로 달칵 맞아 들어갔고, 공기는 탄산수처럼 톡톡 터졌었지.

태어날 때부터, 아니 어쩌면 고대 그리스 시대 때부터 내 어깨는 당신의 겨드랑이에 꼭 맞게 설계된 듯, 서로의 몸이 오래도록 약속되고 조각된 듯 딱 맞아떨어지던 그 순간.

가장 육체적인 것이 가장 정신적인 것이라고,
내 뼈와 피부는, 바로 내 뇌와 내 심장이라고,
그 순간의 충만함이 말해주는 듯했다.

비가 오던 초여름, 그날은 〈윤석남〉 전展을 보고 오던 날이었다. 마흔이 되어서야 자기 방을 가지고 미술에 입문할 수 있었다던 화가 윤석남의 작품 전시회를 보고 나오던 그날.

평면에서 자유롭고 싶었다던 윤석남, '너와'라는 나무 소재의 기와로 여성과 밥과 동물을 보여주는 작품들을 창조해낸 윤석남을 함께 보고 나오던 그날.
당신의 그 큰 손으로 내 어깨를 감싸 안던 그날.
당신이 내 두 시린 어깨 어느 쪽도 버려두지 않고 안아주던 그 순간.
우산 밖 세상은 정적에 휩싸이고 오직 우산 속 그의 숨소리만 가득하던 그 순간.

소리가 들려왔다.

톡!

고요한 숲속에 톡,
무심히 떨어지는 도토리 같은 빗방울 소리가 들려왔다.
서울 한복판이 말갛고 깨끗한 숲으로 변하던 그때의,
톡톡톡

토독토독
빗방울 소리.
연둣빛 한껏 머금은 삼월의 마지막 날. 그 빗방울 소리.

그 빗소리가 아니었다면 어떻게 알 수 있었을까. 마흔이 되도록 자기 방을 가져본 적이 없던 나와 마흔이 되도록 자기 방을 나눠본 적 없던 당신이 서로 비를 덜 맞게 하려고 서로에게 파고들지 않았다면 어떻게 알 수 있었을까.

가장 정신적인 것이 가장 육체적인 것이라는 사실을 말이다.

톡
톡
톡 우산 위로 떨어지는 빗방울 소리

당신의 목소리

그것은 수은처럼 늘어났다가 줄어들지
양귀비 꽃잎처럼 붉고
그리운 자궁처럼 아늑하고 깊지

그것은
소독차 꽁무니를 쫓아 뛰는 아이들의 함성
축구공 뒤를 쫓아 뛰는 아이들의 심장

그것은
구름이 비를 부르는 노래
달이 파도를 부르는 속삭임
아니 그것은 영원한 비밀에 묻히게 될 벽 속의 구멍

그것은 발뒤꿈치의 각질처럼 거칠고 부드럽지
그것은 아궁이처럼 뜨겁고, 또 넘실대지

그것은
밤비의 냄새
아침 흙의 냄새

그러나 그것은
유리잔이 깨지는 소리

그리고 그것은
주파수가 맞지 않는 라디오 소리
듣고 싶어 이리저리 채널을 돌려도 들리지 않는 소리
들리지 않아도 늘 내 곁을 맴도는 소리
당신의 목소리

달빛의 소리

몹시 추운 어느 날
따스한 물속으로 걸어들어가듯
온몸의 피부로
뇌의 가장 깊숙한 곳까지 온기를 느끼듯
당신과 하나가 되고 싶었다.

나는 당신에게 달빛을 연주해주고 싶었다.

따스한 물이 내 몸을 감싸듯
숲 위로 흐르는 달빛을 노래하고 싶었다.

당신은 듣고 싶어 했으나 들을 수 없었고,
나 또한 들려주고 싶었으나 들려줄 수 없었다.

이제,
나는 이곳에서 손을 내민다.
손끝에 와닿는 달빛을 보며 당신에게 인사를 건넨다.

손가락 사이로 사르륵 흘러내리는 달빛 가루를 느끼며 가볍게 웃는다.

"당신, 달빛이 되었구나."

사르륵 달빛의 소리

손톱 자르는 소리

초승달 모양으로 잘려나가는 손톱을 보며 나는 너를 생각해
잘려나가도 또다시 자라나는 손톱을 보며 나는 너를 생각해
내 몸에 붙어 있을 땐 살아 있었지만 내 손으로 잘라낼 때 죽어 버린 손톱은
재편집되는 기억처럼 다시 살아와 자라나지

잘려도 또다시 자라나는 손톱은 너를 닮았어
끝나도 끝나지 않은 기억처럼 자꾸자꾸 자라나
초승달은 자라서 반달이 되고, 반달은 또 자라서 보름달이 되고,
보름달은 자라서 초승달이 되어 다시 잘려나가지
초승달과 같은 모양으로 잘려나가는 손톱을 보며 나는 너를 생각해

지구별 주변을 맴돌며 어둠을 밝혀주는 저 달빛처럼 환하던 우리를 기억해
서로에게 달빛이 되어주던 우리를 기억해
끝나도 끝난 게 아닌 것은 네가 주고 간 그 달빛 때문

내가 잃어버린 자존 한 조각을 찾아주고 떠난 너를
내가 나일 수 있게, 내가 나로 자랄 수 있게 도와준 너를 기억해
티격태격 대던 뾰족한 기억들은 이제 없어, 다 잘라냈어

이제 없어

티격태격 손톱 자르는 소리

키스의 소리

어릴 때 읽은 책 중에 베르나르 베르베르의 《개미》란 책이 있다. 그 책을 보면, 개미는 서로 더듬이를 맞대고 정보와 지식과 감정을 나눈다. 그들은 언어 없이도 완전한 의사 전달이 가능한 모습을 보여준다.
그들은 더듬이의 교감을 통해, 둘의 경험과 감정을 하나로 통합하고, 또 다른 동료들과도 교감하며, 두 배 아닌 네 배로, 여덟 배로 천 배로 만 배로 정보와 지혜를 나눌 수 있다.

인간이 그렇게 완전하게 서로를 전달하고 한계를 넘은 성장을 하는 가장 아름다운 순간은 키스를 할 때다.

사랑하는 이와 하는 딥키스는, 정보 교환이나 욕망이라는 이름 저 너머의 가치를 갖고 있다.

현실을 넘어서는, 영원을 지향하는 아름다움이 키스하는 순간에 있다.

연애의 꽃인 키스는
순간의 꽃이기에 현실에서 영원하다.

브레드Bread가 부른 노래 〈이프If〉의 가사에도 있듯이, 사랑은
이곳 너머 저곳으로 손쉽게 날아오르게 한다.
"Then you and I would simply fly away⋯."

그렇다. 키스하는 그 순간 두 사람은 간단히 날아오른다.
영원의 찰나를 향해.

키스의 소리, 쪽이 아니에요.

흐ㅇㅇㅇㅇ음 키스의 소리

한순간에 반하게 만드는 소리

그날은 그를 처음 만난 날이었어. 모기 한 마리가 그 남자의 등에 앉은 거야. 당연히 잡아줘야지. 재빠르게 손바닥으로 내리쳤는데 짝! 소리가 났어. 신기하지. 아무리 여름이었어도 셔츠와 재킷을 입고 있었는데 말이야. 소리가 어찌나 크게 났던지, 놀란 그와 민망한 내 얼굴이 동시에 빨개졌어. 아주 오랜 시간 뒤에 벗고 있는 그 남자의 등을 장난삼아 때려도 그런 소리가 나지는 않았는데 말야.

짝! 하는 명쾌한 그 소리.
이 남자가 네 짝이다, 하는 그 소리.
짝!

아마도 그 소리 때문이었던 것 같아.
그와 결혼했으니까.

짝 한순간에 반하게 만드는 소리

사랑스러운 내 친구, J의 엄마와 아빠가 한순간에 반한 날의 이야기. 짝!

내 심장이 뛰는 소리

"아마… 게을러서겠죠. 그럴 거예요. 전 헤어컷을 육 주마다 합니다. 어떤 사람들은 이 주마다도 한다는데, 저는 한 달도 아니고 한 달 반마다 이 아줌마한테 내 머리칼을 맡기지요.
매 육 주째 목요일 저녁마다 핸드폰 울리게 해뒀어요. 머리가 길면 가는 거지 그걸 뭘 핸드폰에까지? 아니에요. 저는 까먹어요. 핸드폰 알람 기능 모를 땐 거의 석 달 동안 그냥 부숭부숭한 머리로 돌아다니곤 했어요."

흘러요.

"오늘 손님들 중에 혜선이라는 이름만 둘. 금홍의 방에서 볼록렌즈로 불장난하던 이상의 심정으로, 괜히 불러보고… 불러보고… 그럽니다. 혜선, 혜선."

흘러요.

"아, 제가 만난 토토로요? 제게 토토로는 뒷마당에 있던 커다란 살구나무였을지 아님, 백일홍 꽃밭 앞에서 절 안고 찍은 사진을 주지 않으려 도망 다니던 옆집 삼촌이었을지 모르겠어요. 그거 아세요? 살구는 아기 볼살처럼 동그래서 붙은 이름이란 걸요. (만약 한자가 있다면 무시하기로 해요.)"

흘러요.

"동반 퇴사가 제일 마음에 걸리는군요. 그들은 나가기 전까지 밥과 차를 마시며 술을 마시며 이야기를 했을까요. 했겠지요.
무슨 이야기를 했을까요. 아실까요··· 아실 테죠.
마음 아픈 일입니다. 좋게 해결되기를 바랍니다.
좋게. 가장 좋게."

"저는 '반짝반짝빛나는'에서의 한과와 대추차도, 석유곤로에서 나던 냄새도, 복작거리던 식당의 된장찌개 속 두부도, '매드포갈릭'의 남자 종업원도, 투샷과 설탕을 넣어 만든 진하디진한 에스프레소도, 제가 추워 보인다며 목도리 파는 노점상 앞에서

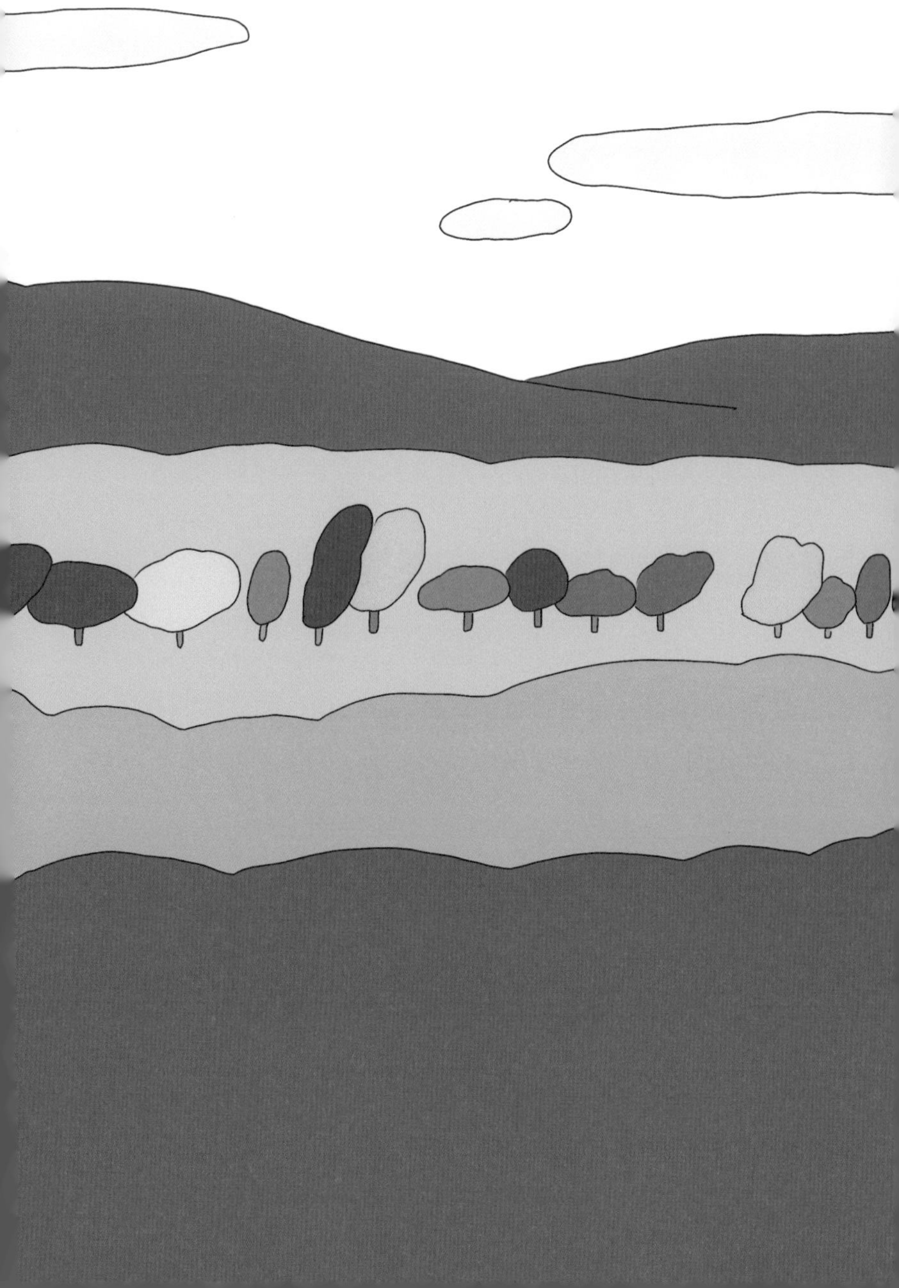

주춤거리던 한 남자의 뒷모습도… 다 기억나요.
담에 만날 때는 제가 맛난 것 사 드릴게요. 늙지 마세요."

흘러요.

"눈여겨볼 나무가 있는 거, 부럽습니다. 나무가 어디 걸어댕길리도 없으니 사냥의 가치가 없기는 하죠. 병들어 죽거나 베어지거나 뭐 그런 거 아니라면 거기 서 있는 거죠. 지겹게.

하지만 어떤 나무는 볼품이 있든 없든, 가지치기가 엉망이든 아니든, 이상하게 마음 가는 위치에 마음 가는 자세로 멍하니 서 있곤 합니다. 움직이는 건 '나'일 뿐, 그 나무는 언제나 그 자리에.

나라는 동물은 뭐 그리 일이 많은지. 하루 온종일 헤매요.

어떤 저녁 무렵엔 터벅터벅 걷고 또 걷다, 원래 그 자리 지켜온 낯선 나무 한 그루를 만나 왈칵 눈물을 쏟죠. 제가 사는 마을에도 혜선 씨가 눈여겨뒀을 법한 그런 나무가 자라고 있을까요?”

흘러요.

“나는 당신이 부러운걸요. 당신은 늘 당신과 함께 있을 수 있잖아요.”

흘러요.
당신 목소리가 흘러요.
내 안에서 그냥 흘러요.

흐르고 흐르다 여기, 이곳에 잠시 고입니다.
콩닥 콩닥. 잠시 고여 뛥니다.

내가 잠을 자건, 밥을 먹건, 노래를 하건, 몸을 씻건, 길을 걷건, 눈물을 흘리건, 하품을 하건, 나를 바라보는 당신을 읽건… 늘 내 심장이 뛰는 이유입니다.

내 안에서 흐르고 흐르는 당신의 목소리.
내 심장을 뛰게 합니다.

당신의 목소리가 콩닥 콩닥. 내 심장에 고여 뛥니다.

콩닥 콩닥 내 심장이 뛰는 소리

마음이 쏠리는 소리

나만 바라보라고
너는 나만 바라봐도 된다고

그래도 괜찮다고

이 사람이 날 좋아하는
마음이 내 마음과 같은지

더 작은 건 아닌지
금세 돌아서버릴 마음은 아닌지

나처럼 한 개의 마음이 아니라
여러 개로 나뉜 마음인지
불안해하고 걱정할 필요 없다고

연애라는 건
내가 더 좋아할까, 네가 더 좋아할까

고민하며 잠 못 드는 불안함이 아니라고
더 많이 좋아하는 게 지는 일이 아니라고
내가 더 많이 좋아하는 게 자랑스러운 일이라는 걸 알아가는 과정이라고

서로의 눈을 보며
이 사람이 왜 짠한지 이해하게 되는 과정이라고
서로를 아껴주면서 함께 성장하는 과정이라고
둘 다 더 좋은 사람이 되어가는 과정이라고
둘이 함께 꿈을 꾸고 함께 자라나는 과정이라고
서로 믿음을 쌓아가며 응원하는 과정이라고

세상의 모든 연애가 언젠가 끝나기 마련이라면
너의 그 끝엔 내가 있길 바란다고

너의 결핍은 나의 결핍과 만나 온전한 하나가 될 거라고
너의 허물은 나의 허물과 만나 단단한 장점이 될 거라고

나의 그 끝엔 네가 있길 바란다고, 써걱 써걱
너는 왜 그토록 두려워하느냐고, 정말 괜찮다고

안타깝고 안타까워 마음이 무딘 칼에 썰리는 소리
가슴에서 들리는 마른 모래 소리, 써걱 써걱

써걱 써걱 마음이 썰리는 소리

마음에 비 오는 소리

내가 만든 말이 있다.
"뤠닝뤠닝."

이건 마음속에 비가 오고 있다는 말이다. 'raining'에 귀차니즘을 담아 만든 소리다.

"지금 내 마음속에 비가 내리고 있어. 널 사랑하지만, 지금은 만나고 싶지 않아. 이야기하고 싶지 않아. 혼자 있고 싶어."

"너한테 서운한 게 있지만, 그게 널 싫어한다는 뜻은 아니야."

"너한테 원망스러운 마음이 있지만 너랑 화해하지 않겠다는 건 아니야. 조금만 기다려줘."

"너와의 문제는 아닌데, 일일이 설명하기 피곤해. 그냥 혼자 있고 싶어. 좀 기다려줘."

"너한테 너무나 화가 나 있어. 그렇지만 널 좋아하는 마음은 여전하고, 화해하고 싶고, 얼른 손잡고 싶어. 그렇지만 금세 손을 잡기는 싫고 자존심 상해. 일단 새끼손가락 하나만 허락해줄 테니까, 그것만 딱 잡고 있어."

이런 뜻으로 쓰는 말이다.

무척 좋아하던 사람과 헤어지고 나서야 이 말을 만들었다. 'grim_b'라는 작가님의 사랑스러운 그림 한 컷을 보고 나서다. 화가 난 여자가, 화해를 시도하며 손을 잡으려는 남자에게 다섯 손가락은 안 되고 한 개는 허락한다며 새끼손가락 하나만 딱 내미는 그림. 이 그림을 좋아하는 사람과 헤어지고 난 이후에 봤으니 "꿰닝꿰닝" 또한 누군가에게 한 번도 쓴 적은 없다. 언제 쓸지 기약도 없는 말이기도 하다.

그 사람과 헤어지고 나니 감정 소모 없는 이 상태가 너무 편하다. 내 일에 충실하고 내 공간에 충실할 시간이 많아진다. 산책

하고, 음악을 듣고, 천천히 차를 마시고, 책을 읽고… 이런 시간이 너무 좋다. 그러니 이런 상황이 이어진다면, 이 말은 언제 쓸지 그냥 기약이 없는 정도가 아니라, 전혀 기약이 없다고 해도 무방할 것이다.

그래도 말이다. 기약이 없지만 말이다. 그때 이 말을 만들어서 썼다면 좋았을 텐데 하는 생각이 들지만 말이다. 이제 없던 말이 생겨났으니 아쉬움이 영영 후회에만 머물지는 않을 거란 생각이 든다. 그때의 상처에서 건너와 이런 말을 만든 내가 조금 자랐다는 생각도 든다.

게다가 귀엽고 작은 소리들을 생각해보고, 없던 소리들을 만들어보는 건 너무나 재미난 일이다. 스마트폰을 들고 하릴없이 시간을 보내는 길티 플레저Guilty Pleasure와는 다른 재미가 있다. 아직 한 번도 내가 써보지 못한 말, 당신은 써볼 수 있길 바라며 알려드리는 바이다.

“눼닝눼닝.”

당신에게만 알려드릴게요.
혼자 있고 싶을 땐 연인에게 말해보세요.
“나 지금 눼닝눼닝이야.”

당신이 좋아하고 아끼는 사람과 싸우지 말고, 오해하지 말고,
사이좋게 예쁘게 귀엽게 잘 지내기를 바라요. 눼닝눼닝.

눼닝눼닝 마음에 비 오는 소리

맹렬히 쏟아지는 빗소리

칠월, 네가 떠나기로 한 날
시퍼런 슬픔을 갈아 흩뿌리는 비
새벽 네 시, 너를 떠나보내고
아침 여섯 시에 쌀을 씻지
아홉 시 반에는 요가를 하고,
열한 시에는 샤워를 하지
열한 시 삼십 분에는 벽지를 뜯어내
커터 칼로 죽죽 긋고 뜯어내지
드러나는 시멘트 위에 시트지를 입혀
비닐일 뿐인 시트지를 거칠게 입혀
빗소리가 더욱 거세지는 열두 시 반에
칠월, 맹렬히 쏟아지는 비를 맞으며 마당 한가운데에 서 있어
머릿속으로 등으로 때리고 파고드는 비를 느껴
하얀 거품이 두 눈에서 나와 빗물에 씻겨
비와 함께 마당을 지나 골목길로 흘러나가
열두 시 사십 분 흰 거품을 바라보며
다시 칠월이야 이제 꺾인 허리를 펴지 못하겠어도

그대로 꽂히는 비와 함께 칠월이야
칠월 오일, 네가 떠나기로 한 날
지옥 같았던 우리들의 천국의 날

네가 떠나던 날에
갈채를 쏟아붓던 빗소리

착 착
착 착 맹렬히 쏟아지는 빗소리

입김 부는 소리

더이상 서로의 언 손을 녹여주지 않게 될 때
더이상 서로의 뜨거운 국물을 후후 불어 식혀주지 않게 될 때

서로의 차가움을 녹여주고 싶지 않게 될 때
서로의 뜨거움을 식혀주고 싶지 않게 될 때

왜 그토록 차가운지, 왜 그토록 뜨거운지
처음의 매력을 트집 잡게 될 때
서로 힐난하게 될 때

종국에는
서로의 차가움과 뜨거움에 관심 없어지고
숨결을 불어넣을 마음이 사라질 때
키스하지 않게 될 때

그럴 때, 후후
문득 지나온 자리가 행복이었음을 깨닫고 가볍게 웃듯, 후후

내 머리에 쌓인 눈을 당신이 털어주지 않게 된 겨울날

혼자 작은 식당에 앉아 뜨거운 면을 식히며
조금씩 조금씩 건져 먹는 소리, 후후

후후 입김 부는 소리

연애의 소리

_ 영화 <패밀리 맨>을 보고

연애의 이유가 발정이라던
당신의 말을 한 번씩 떠올리고, 나는 두 번씩 고개를 젓는다.

나는 세 번 당신의 말을 부정한다.
당신의 말은 틀렸다. 당신의 말은 틀렸다. 당신의 말은 틀렸다.

연애의 목표가 섹스가 아니듯이
연애의 이유는 발정이 아니다.
같은 이유에서 섹스의 이유가 발정일 수 없다.
섹스의 목표는 오르가슴이나 엑스터시 저 너머에 있다.

한순간 피었다 지는 꽃이 가진 찰나의 영원성,
그 개화에 섹스의 목적과 연애의 목적이 있다.
연애는 성애 저 너머 영원을 향해 날아가는 몸짓이며
성애는 서로의 외로움을 위로하는 아름다운 노래다.
존재의 고독이 잠시 위로받는 슬픈 노래다.

당신은 들리나요?

당신은 들리나요. 나의 이 노랫소리가.

라라라라 라라 라.

연애의 소리가 있다면.

라라라라 라라 라 연애의 소리

니컬러스 케이지가 나오는 영화 〈패밀리 맨The Family Man〉. 그 영화에서 그는 아내의 생일날 이 노래를 부른다. 〈La La means I love you〉. 델포닉스Delfonics의 노래다. 그 순간이 내게는 아직도 머무른다. 옳다. "라라라라 라라 라"는 사랑해를 뜻한다. 꽃 같은 내가 꽃 같은 너를 사랑한다고!

여울물 소리

너는 나보다 못생긴 사람 만나야 하고, 너는 나보다 못된 사람 만나야 하고, 너는 나보다 요리 못하는 사람, 나보다 뚱뚱한 사람 만나야 하고, 나보다 돈도 못 버는 사람 만나야 하고, 나보다 게으른 사람 만나야 하고, 나보다 건망증 심한 사람 만나야 하고, 나보다 자존감이 낮고, 집요하게 너를 괴롭히는, 너는 무조건 나보다 말과 유머가 통하지 않는 사람을 만나야 한다.

꼭 그러길 바란다.
네가 나보다 행복하지 않길 바라는 내 마음이 소리를 낸다.

너를 미워하는 마음, 너를 원망하는 마음, 그러면서도 너를 그리워하는 마음. 쉼 없이 갈증이 나는 마음. 쉼 없이 물을 켜는 마음이 소리를 낸다.

마음이 물을 켜니 요란할 수밖에.
꼴깍꼴깍 꼴꼴꼴.
쉼 없이 뒤척이는 마음의 소리.

얕고 울퉁불퉁한 돌이 많아서 들리는 소리. 요란한 소리.
물이 깊고 모난 돌이 없다면,
아니 돌이 있더라도 물이 깊다면
그것은 소리로 오지 않고 빛으로 올 텐데.

그것은 석양에 빛나는 금빛 강물로 올 텐데.
찬란하고 우아한 흐름으로, 느리고도 고요한 흐름으로 올 텐데.

"너 이제 그만 행복하여라. 너 이제 그만 평화로워라."
이렇게 빌어줄 수 있을 텐데.
반짝반짝 빛나는 해비늘 미소로 축복해줄 수 있을 텐데.

여울물의 소리, 졸졸졸이 아니에요.
꼴꼴꼴 요란한 소리예요.

꼴깍꼴깍

꼴꼴꼴 여울물 소리

콘트라베이스의 소리

덩치 큰 사내가 웅크리고 앉아 우네.
길가에 쪼그리고 앉아서 우네.
세상에 이런 이별도 있는가 기가 막히다며 우네.
그녀 없는 공백감을 견딜 수 없다며 어깨를 떨며 우네.
그녀 없는 허공은 자꾸만 흘러내려
붙잡아두고자 하지만 자꾸만 흘러내려
흐르는 허공 탓에 나까지 떠내려간다고 우네.

내가 널 사랑한 게 미친 짓이 되어버렸어.
미치게 좋아한 게 미친 짓이 되어버렸어.

길다란 활대로 심장을 죽죽 그으며 아파하네.
커다란 돌로 바위를 석석 긁듯이.
거친 기왓장으로 제 살을 벅벅 긁듯이.

심장을 활로 그으며 우는 이여.
떠난 그녀의 목소리를 그리며 심장을 긁는 이여.

아픔을 절규할 수 없어 떨며 누르는 이여.

깊은 슬픔으로 아르페지오네의 목소리를 노래하는 콘트라베이스여.

콘트라베이스를 닮은 사내, 그대여.

욱 욱 슈베르트의 아르페지오네 소나타를 연주하는 콘트라베이스의 소리

슬픔을 노래로 만들었던 슈베르트. 우울하고 섬세하고 로맨틱한 그가 만든 아르페지오네를 위한 소나타. 이 아름다운 곡은 아르페지오네라는 악기를 위한 유일한 곡이 아닐까. 아르페지오네는 첼로와 비슷하지만 크게 주목받지 못했고, 악기 제작자가 죽으면서 세상에서 사라진 악기다. 다만 독일의 뮌헨박물관에 한 대 남아 있다고 한다. 그러나 오늘날의 우리는 그 박물관 유리 너머에 남아 있는 악기라는 대상으로 아르페지오네를 기억하는 것이 아니라, 슈베르트의 참담한 슬픔이 깃든 아름답고 기품 있는 이 소나타로 그 악기를 기억하는 것이다.

사월의 비명소리

_ 영화 <레볼루셔너리 로드>를 보고

영화 〈레볼루셔너리 로드Revolutionary Road〉. 케이트 윈슬릿과 아름다운 배우 리어나도 디캐프리오가 부부로 나온다. (혹자는 이 영화를 〈타이타닉〉의 후속편, 현실 부부판이라고도 한다.)

그들의 마지막 날 아침 장면이었다. 웃고는 있으나 두 눈 가득 슬픔이 담긴 프랭크를 보고 나는 눈물이 쏟아졌다. 한번 쏟아진 눈물은 영화가 끝날 때까지 멈추지 않았다. 관계의 파멸을 원한 것은 아니었으나 결국 그것을 마주하게 된 남자의 눈빛을 보고 말았던 것이다.

극중 에이프릴의 말처럼 진실은 힘이 세다. 아주 오랜 시간 거짓말하며 살아온 사람도 스스로는 진실이 뭔지 알고 있으니까 말이다. 자신의 거짓말을 합리화하고 포장하기 위해 더 많은 거짓말을 능란하게 만들어내는 자조차도 사랑하는지 사랑하지 않는지, 필요한지 필요하지 않은지, 용기가 있는지 없는지, 자신만은 그 진실을 알고 있다.

아이러니하게도 자신의 용기 없음을 스스로 속이고 아내에게 외도를 숨기는 자의 이름은 정직하다는 뜻의 Frank 프랭크다. 임신 중에도 술을 마시고 담배를 피우며 이웃집 남자와 자는 여자의 이름은 싱그러운 사월, April 에이프릴이다. 내 몸에 손대면 소리칠 거야. 혐오와 분노를 가득 담은 눈으로 프랭크를 노려보던 에이프릴은 결국 찢어지는 비명을 지른다.

꺄아아악!

진실을 알면서도 절망적인 사이클에서 벗어나지 못하는 두 사람의 이야기는 에이프릴의 비명소리와 함께 내내 머릿속을 맴돈다. 아이를 임신시켜서라도 자기 존재를 증명해 보이려는 한 남자의 미성숙한 행동은 단지 프랭크만의 이야기가 아니다.

그것은 나의 전남편의 이야기이기도 하며, 상대를, 세상을 어떻게든 이겨보려던 나와 당신의 이야기이기도 하다. 남편을 차갑게 냉대하던 에이프릴의 모습 또한 내 모습이기도 하고 당신과 세상의 모습이기도 하다. 잘못은 상대방에게 있다며, 너 때문에 나는 다치고 싶지 않다며 자기방어 기제를 작동시킨 에이프릴, 결국은 피 흘리며 쓰러진 어리석고 가여운 에이프릴. 그녀를 데려갈 앰뷸런스가 '혁명의 거리'에 도착하며 이 영화는 끝이 난다.

꺄아아악 사월의 비명소리

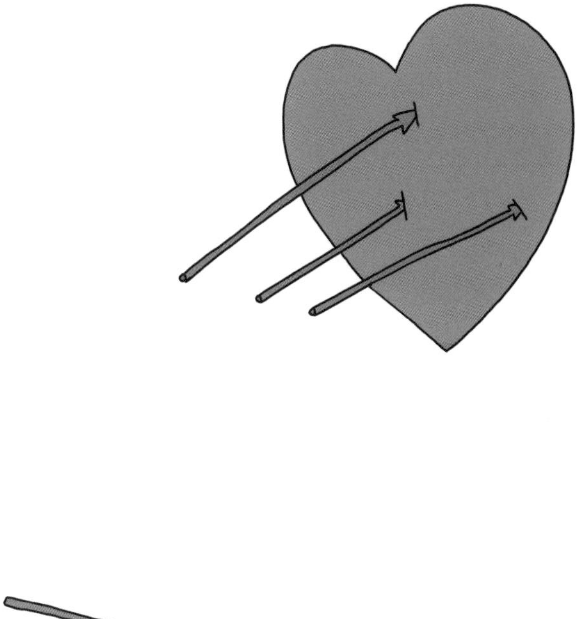

드라이어 소리

나는 어느덧 내게 자신의 노화를 말하던 남자의 나이가 되었다. 흰소리를 하고는, 개구지게 깔깔대고 나서 멋쩍어하며 입을 유부 주머니처럼 오므리고 웃던 그 남자의 나이가 되었다.

그는 참 잊기 힘든 사람이구나.
나는 그를 아직도 내 저 깊은 곳에서 꺼내와 종종 곁에 둔다.

그는 드라이어를 쓰는 내 뒷모습을 유심히 보고 있다. 나를 보는 그를 거울로 본다. 그를 이리 잠깐만 와보라고 부른다. 그가 내 곁으로 온다. 그의 앞머리를 말아서 드라이어 뜨거운 바람을 쐬어준다. 그는 "이게 뭐야!"라고 말하며 입을 유부 주머니처럼 오므리며 웃는다.

위이잉, 뜨거운 바람을 쐬고 난 그의 앞머리가 파마한 듯 꼬불꼬불 말아져 있다. 너무 잘 어울려 나는 깜짝 놀란다. 그는 난생처음 파마머릴 해본다며 거울을 본다. 그도 너무 잘 어울린다며 깜짝 놀란다. "와, 나 파마 한번 해봐?" 하며 웃던 그의 모습이

위이잉 드라이어 바람 소리에 실려 두피 사이로 훅 들어온다.
그는 참 잊기 힘든 사람이구나.

나는 그를 아직도 내 저 깊은 곳에서 꺼내와 종종 곁에 둔다.

위이잉 드라이어 소리

까치의 웃음소리

창밖 까치 두 마리 우짖는다. 저 소리는 싸우는 소릴까? 서로 따지는 소릴까? 서운하고 화나게 해놓고 미안하다고 하지 않는 상대에게 화내는 소릴까? 사과할 일에 사과하지 않고, "그래, 그 부분은 당신이 불만을 가질 수도 있어"라고 판단을 내릴 뿐인 상대에게 참지 않고 따지는 소릴까?

어쩜 그리 자기중심적이고 사과할 줄 모르는가. 끝끝내 자기 입장에서만 생각하는가. 내가 네 입장을 받아들이는 것만이 관계를 유지하는 열쇠인가.

"너는 연애인이 아닌 연예인이 되고 싶은 거잖아. 네게는 펜이 아닌 팬이 필요한 거잖아. 너는 내게만 무례하잖아"라며 쉬지 않고 따지는 소릴까.

당신에게 사과란, 내가 아플 때 내 이마를 짚어준 당신의 손길이었음을, 내가 아플 때 당신이 사준 감기약이었음을, 업어서 보여주던 야경이었음을, 내가 요리를 하지 못하게 막던 배려였음을, 멀리 코스트코까지 운전해 사온 연어로 해주던 스테이크였음을, 조개관자, 새우, 각종 해물로 만들어주던 해물 요리였음을, 씻어서 입에 넣어주던 딸기였음을, 출장길에 사오던 립스틱이었음을, 저 스카프가 당신에게 더 잘 어울리겠는데? 하며 날 바라보던 눈빛이었음을…. 이제는 안다.

당신에게 사랑이란, 짜장면을 시켜놓고 기다리며 내게 전화하던 목소리라는 것을 안다. 우리 집 언 수도관을 걱정하던 목소리라는 것을, 길을 걸어가다 만난 꼬마 아이 이야기라는 것을, 아무 때나 전화하던 목소리라는 것을 이제는 안다.

당신에게 존중이란, 사과란, 배려란, 사랑이란. 단 한 번도 나를 "너"라고 부르지 않은 일이었음을 이제는 안다. 어린 나를 "당신"이라고 꼬박꼬박 불러주던 마음이었음을 이제는 안다.

함께 먹을 메뉴를 항상 내게 정하게 하던 당신을 기억한다. 당신의 부모는 어린 당신에게 메뉴를 정하게 한 적 없지만, 항상 내게 메뉴를 정하도록 선택권을 주던 당신을 이제는 안다.
나는 단 한 번도 당신을 당신이라고 부르지 않았지. 함부로 헤어지자 말하고, 함부로 "너!"라고 톡톡 쏘던 내가 오히려 무례했다. 내가 나빴다.

까치 소리를 다시 가만히 듣는다.
땍땍땍!

저 소리는 싸우고 따지는 소리가 아니었구나. 다른 말로 부르고 싶어도 부를 방법이 없는 단 하나의 목소리였구나. 먼 데서 온 봄소식 같던 당신이 나의 첫, 혹은 마지막 사랑이었다고 다른 말로는 고백할 수 없어 까치의 말을 빌려 오늘 여기에 적는다.

"고마웠어. 너무 늦게 알아 미안해."

땍땍땍 까치의 웃음소리, 저 먼 데서 오는 봄소식 같은

종이가 연필을 만날 때 나는 소리

_ 영화 <더 리더>를 보고

'The'라는 글자마다 동그라미 치던 여자가 있다.

전 생애를 통틀어 어깨를 짓누르던 수치심을 밀어내는 간절함으로, 미로를 벗어날 수 있는 실마리를 찾아냈을 때의 흥분으로, The, The, The라는 글자를 찾아가며 빠르게 동그라미 치던 여자를 생각한다. 자신의 깨진 자존을 메우던 여자를 생각한다.

전차의 표 검사원에서 관리 사무직으로 승진하자 도망을 하고,
지멘스 사社에서 관리직으로 승진하자 또다시 도망을 하고
필체 대조를 해야 누명을 벗을 수 있는 기회 앞에서
또다시 도망하는 여자를 생각한다.

누구에게도 자신의 문맹을 드러낼 수 없어서 종신형의 동굴로 도망갈 수밖에 없었던 여자를 생각한다. 평생을 따라다니던 수치심은, 그녀가 어떤 사랑도 스스로 완성할 수 없게끔 만든다.
"난 문맹이었어. 나는 그렇게 무지했어. 나는 배울 수 있는 환경에서 자라질 못했어. 하지만 그건 내 탓이 아냐. 나는 최선

세상 그러는 소리 중
가장 아름다운 소리

을 다해 살았어. 그런 나지만, 나는 너를 사랑해. 나는 너를 사랑하는 일에 용기를 내. 너를 안고 싶고, 너를 돕고 싶고, 너를 지켜주고 싶고, 너와 함께 있고 싶어."

"완벽하지 못한 나지만, 네가 나를 바라봐주면 좋겠어. 너를 좋아하니까."

솔직하게 말할 수 있는 용기가, 그렇게 솔직하게 말하고도 무너지지 않을 자존이 한나와 당신에게, 그리고 나에게 있기를 바란다.

솔직하게 자신의 모자람을 보여주고 도움을 청할 수 있기를. 자신의 모자람을 인정하는 것이 자존을 해치는 일이 아님을 알 수 있기를. 오히려 완성하는 일임을 알 수 있기를. 그리하여 반짝이는 둥근 볼로 함께 웃을 수 있기를. 그 누구에 의해서도 등 떠밀리지 않아도 되는 우리이기를,
수많은 빛나는 별들 중 서로만 아는 얼룩을 지닌 단 하나의 특별한 별이 바로 우리이기를.

영혼을 완벽하게 만들 수 있는 유일한 힘.
사랑의 힘으로 허물과 수치심을 극복할 수 있기를.
바란다.

세상 모든 긁는 소리 중 가장 아름다운 소리,
연필과 종이가 서로 긁고 긁히는 소리.

서로가 긁히며 글자가 써지는 소리.
서로가 긁히며 그림이 그려지는 소리.

사각, 사각 종이가 연필을 만날 때 나는 소리

영화 〈더 리더 : 책 읽어주는 남자The reader〉에서 'The'라는 글자마다 동그라미 치던 한나를 생각하며.

문자 오는 소리

"외롭고 우울하다."
친구에게 문자를 보냈다. 이런 답이 날아왔다.
"시를 읽고, 음악을 듣고, 먼 곳을 보아라."

"배고프고 졸립다."
친구에게 문자를 보냈다. 이런 답이 날아왔다.
"배고픔에 익숙해지렴, 앉아 있지 말고 걸어보렴."

"억울해, 내가 한 일이 아닌데 말을 만들어서 퍼뜨려. 단순 전달했다는 행위 자체도 나를 모략하기 위한 저의를 깔았어. 그 말을 듣고 믿어버린 사람도 기막혀."
친구에게 문자를 보냈다. 이런 답이 날아왔다.
"그 만들어진 말들을 듣고 널 믿지 않는 이는 네 삶에서 중요하지 않아. 너는 그들과는 완전히 다른 사람이야."
그리고 이어서 날아온 답장.
"저급한 이들에게 오늘 하루를 내어주지 말자."

순간 부끄러워졌다. 저들은 맑은 이들. 저들은 차분한 이들. 저들은 지혜롭고 우아한 이들. 저들은 예의를 아는 이들. 저들은 소박하고 따스한 이들. 저들은 나를 부끄럽게 만드는 힘이 있는 귀한 이들. 그들은 내가 아는 이들. 그들은 나를 아는 이들. 늙어감에 따라 서로의 꿈을 더욱 고요히 응원하는 이들.

저들이라고 왜 외롭고 우울하지 않겠나. 저들이라고 왜 배고프고 졸리지 않겠나. 왜 억울한 순간이 없었겠나. 왜 순간순간 다치지 않았겠나.

어두움과 나빠짐에 매몰되기보다, 나쁜 상태를 더 높고 건강하고 환한 상태로 끌어올리는 고요한 힘을 가진 이들이 내 친구라서 참 좋다. 순정한 마음으로 자신과 더불어 나까지 이끌어주는 이들이 내 친구라서 참 자랑스럽다.

당장 만날 수 없는 곳에 있지만, 또 문자라는 건 너무나 흔한 세상이지만, 그렇기에 더욱 소중한 당신들의 메시지.

띵똥!

이런저런 알림음들은 끄고 산 지 오래지만 당신들 문자의 알림음만은 절대 꺼두지 않는다.

띵똥!
새벽이라도 오케이.
당신들, 언제라도 문을 열고 이곳으로 들어오시라.

띵똥 문자 오는 소리

스무 살의 내가 돌아가는 소리

원시 지구의 자전 주기는 여섯 시간이었다고 한다. 화성에서 떨어져나온 파편이 지구와 충돌하고, 달이 생기고, 지금과 같은 인력이 작용하면서, 정신없이 획획 빠르게 돌던 지구가 이십사 시간이라는 현재의 주기를 갖게 되었다고 한다.

내가 지금의 주기를 갖기까지 나라는 별에 부딪혔던 수많은 파편들이 있다. 그중에서 우정이라는 이름으로 날아와 관계라는 궤도를 만들며 부딪히던 파편들을 생각한다.
처음 친구라는 말을 배우고 "친구야, 친구" 하며 사귄 첫 친구에서부터 죽는 순간까지 함께할 내 친구들을 생각한다.

초등학교 때 매일 아침 학교에 같이 가던 앞집 은숙이, 처음 친구 집에서 밥을 먹은 추억을 선사해준 지혜, 중학교 시절 시험 공부를 같이 하며 외박을 한 기억을 준 주경이, 여고 시절 교환 일기장에 미주알고주알 일기를 적어 주고받던 죽고 못 살던 친구 현정이, 대학교 때, 방학을 맞아 집에 내려온 내게 편지와 소포를 보내던 재옥이, 카톡이 일상화된 후 매일같이 일상을 주고 받으며 '아무말 대잔치'를 하며 깔깔대던 은수.
열 살, 열한 살, 열두 살, 열세 살, 열네 살, 열다섯 살… 이십 대를 지나오며 내가 잃은 친구들과 그 시기를 거쳐오며 더욱 견고하게 곁을 지켜주는 친구들을 생각한다.

별이 생성과 소멸의 과정을 겪듯 각각의 인연과 관계도 같은 과정을 겪는다. 어떤 이는 자연스럽게 사라지고 어떤 이는 결단하는 마음으로 끊어내며, 어떤 이는 자신의 행로로 돌고 돌다가 우연히 한 지점에서 만나 웃는다.

내게 해서는 안 될 말을 한 사람, 없는 말을 만들어 뿌리던 사람, 진심이 아닌 말로 환심을 사고자 애를 쓰던 사람, 앞뒤 다 자르고 자신에게 유리한 말만 편집해 전달하던 사람, 자기 자신에 대해 거짓말을 하던 사람, 내게 달라붙어 끊임없이 에너지를 요구하던 사람. 그들은 이제 사라지고 없다.
처음 친구랑 이별을 할 때는 너무 마음이 아프고 미안했지만, 이제는 안다.

서로 다른 주기를 가진 사람들은 결국 같이 갈 수 없음을. 나와 맞지 않는 주기를 가진 그들에게 맞춰주느라 전력으로 달렸던 일이 내게는 너무나 숨가쁜 고통이었음을 말이다.

그러나 그들이 부딪히며 나를 아프게 했던 시간도 결국 지금의 주기를 만드는 데 도움이 되었다는 것 또한 안다.

그때는 화를 내기도 하고 울기도 하고 좌절하기도 했지만, 사랑하던 친구와의 이별이 연인과의 이별과 똑같이 아프다는 깨달음에 너무나 고통스러웠지만, 점점 사람을 만나는 게 무섭다는 생각을 할 때도 있었지만, 그 과정을 겪으며 항상 옳은 사람은 없고 내가 항상 옳을 리는 더더욱 없다는 것을 배웠다.

나를 치고 간 그 크고 작은 파편들 중 나로 인해서 나처럼, 혹은 나보다 더 아팠을 사람도 있을 거라 생각한다. 사람은 겉만 봐서는 그간의 사정이나 그 속마음을 다 알 수 없으니까.

8
14
13
9
26
16
12
9
24
10
23
20
17

부유하고 화려하게만 보이던, 악기를 전공한 한 친구도 알고 보니 부모의 빚으로 졸업 후에도 수년간 고생을 했다고 하고, 공부를 잘해 좋은 학교에 간 친구는 냉랭한 부모의 기대에 어긋나지 않으려 늘 전전긍긍이었다고 하고, 내게 끊임없이 에너지를 요구한 친구는 집안 형편이 유복해 보였으나 무관심하고 폭력적인 아버지 때문에 늘 애정을 갈구하는 성격으로 자라났고, 그 때문에 여러 관계에 고충을 겪는다고 하니 말이다.

악몽을 꾸고 난 후 내 연약함이나 두려움을 털어놓고 전화할 수 있었던 친구, 내 삿된 욕망을 거르지 않고 노출해도 부끄럽지 않았던 친구, 맛난 음식을 만들면 불러서 나눠 먹고 싶던 친구, 좋은 책이 있으면 꼭 한 권 더 사서 선물하던 친구, 맛집이 있으면 반드시 함께 가던 친구, 그 어떤 약속보다 가장 우선으로 시간을 내던 친구, 좋아하는 남자 이야길 하며 밤을 새우던 친구, 둘 다 자아도취해도 서로서로 칭찬해주던 친구… 싸우고 나서도 그리워하고 미워하면서도 좋아하던 내 친구들….

그 친구들을 사랑한 덕분에, 사랑하는 친구들을 만나온 덕분에 나의 궤도와 주기가 점점 안정화되고 있는 것은 아닌지…. 사람은 관계 속에서 성장하니 말이다.

너무도 유명한 말이 있다. 소설가 김훈 선생께서 하신 말씀인데 밥벌이는 낚싯바늘을 삼키는 일이라고. 그러게. 낚싯바늘을 미끼와 함께 삼키는 게 불가피할 만치 밥벌이는 힘들다. 때로는 고통스럽다.

내가 나를 책임지고 아이들마저 책임지는 이 불안하고 지치는 일 투성이인 가운데, 앞날이 불안한 가운데에서도 나를 이해하고 위로해주는 친구가 있다면, 내가 깊이 사랑하고 내가 이해하고 싶은 친구가 있다면, 서로의 자전과 공전 주기는 더욱 안정화될 것이다.

아직 나라는 행성이 이십사 시간이라는 완성된 주기를 갖기에는 요원해 보이지만 말이다.

휙휙휙 스무 살의 내가 돌아가는 소리

나 역시 그들에게 한 조각 파편이었음을… 그리고 그들도 그들의 주기를 잘 찾아가고 있기를….

온기와
위로의 소리

2부

모닥불 타는 소리

모닥불은 토닥토닥 탄다.
온기와 위로의 소리를 낸다.
토닥토닥.

며느리의 갑상선암 소식을 전해들은 시어머니로부터 “그러게 너도 회개 좀 해야 한다” 이런 소릴 들었다는, 친구 K의 언 손 위에, 갓 여고에 입학한 딸이 자퇴를 하게 되었다며 펑펑 울던 C언니의 짓무른 눈가. 그 눈가 위에, 일 년째 입원해 계신 어머니께 회생 가망이 없다는 사실을 전할 수 없었다는 M선생님의 젖은 어깨 위에, 아이 입학식도 졸업식도 가볼 수 없을 정도로 충성하던 회사에서 나가달란 통고를 받은 대학 친구 A의 무너지는 가슴 위에, 사기를 당해 이사를 가야 한다는 S언니의 빨간 콧등 위에.

모닥불은 위로의 온기와 화해의 몸짓으로 탄다. 토닥토닥.

슬픔과 고통 때문에 자기반성을 하는 사람들을 다독이며 탄다.

"나는 왜 그리 지혜롭지 못할까? 나는 왜 그리 감정이 앞설까? 나는 왜 잘못된 선택을 한 걸까? 나는 왜 용기가 없을까?"

"이 모든 일들이 내가 괜찮은 사람이 아니라서 일어난 일은 아닐까?"

착한 사람들의 그 시리고 찬 의심을 녹여내며 타오른다.
그저 장작을 태우는 작은 불이지만, 태울 때와 태우지 않을 때는 이렇게 다르다며 빨갛게 파랗게 탄다.

내가 아끼는 사람들을 생각하는 밤.
그들을 위해 기도하게 되는 밤.

모닥불이 탄다.
토닥토닥. 토닥토닥.

토닥토닥 모닥불 타는 소리

기차 지나가는 소리

찔레꽃이 피기도 했던가, 이팝나무꽃이 피기도 했던가.
그 이른 여름, 그 기찻길 스물한 살의 내가 서 있다.

"나는 왼손잡이야아~"를 비웃듯 부르던 이적을 좋아했더랬다. 학생연대 소속이었던 시절의 어느 해 가을, 전국 학연 총선 후보들이 서울대학교로 모였다. 가수 이적이 속해 있다는 '왼손잡이' 서클룸을 지나며 나는 얼마나 설레었던가.

세월이 지나 왼손잡이 첫아이를 낳았고, 아이는 왼발로 공을 차며 자랐다. 또한 열 달 만에 걷고 열일곱 달 만에 이렇게 말했다.
"엄마 큰일 났어요. 방귀를 뀌었는데 똥이 나올 뻔했어요!"
그러고는 다다다 달려 변기에 앉았다.

인라인을 서른여섯 달 만에 혼자 탔다. 곧 두발자전거도 혼자 탔다. 아무도 잡아주거나 가르쳐주지 않았다.

네 살짜리가 검정색 클레이점토로 게를 만들더니, 간장게장이라

말하며 웃었다. 빨간 건 양념게장이란 말도 덧붙였다. 캐러멜을 나열해서 헬리콥터를 만들었다. 아이큐 검사를 하니 상위 일 퍼센트였다. 유치원에 가기 싫은 날이 더 많은 아이는 아파트 마당에 나가 감잎이랑 라일락잎을 주워 왔다. 그걸 가위로 오려 자동차도 만들고 멍멍이도 만들었다. 아이는 누구보다도 밝고 크게 웃을 수 있었다.

모든 건 학교에 가며 어그러졌다.

일학년 수학 시간에 아이는 장난을 쳤다. 선생님이 방금 설명한 내용을 몰랐고 손바닥을 맞았다. 그날 집에 와서 선생님이 무섭다며 우는 아이를 안고 내 가슴은 무너졌다. 어린 엄마였던 나는 아이와 같이 울었다.

선생님 너머에 있는 세상이 무서웠다. 아이를 기다리고 있는 세상이 크고 무겁게 느껴졌다. 선생의 말을 이해하지 못하면 매를 맞아야 하고, 하고 싶은 말을 참지 못하면 매를 맞아야 하고, 왼

손으로 가위질을 느리게 하면 매를 맞아야 하는 세상이 곧 현실이었다. 앞날이 깜깜하게만 느껴졌다.

아이는 자라면서 특히 수학 성적이 좋지 않았고, 수학을 못 한다는 건 학교생활이 앞으로도 쭉 힘들 거라는 의미라며 제 아비에게 또 맞았다.

장난이 심해 여선생님들은 아이를 좋아하지 않았다. 학교와 무서운 아비가 버거운 아이에겐 틱이 생겼다. 아이는 이런저런 상담센터를 다녀야 했다. 상위 일 퍼센트라고 나왔던 아이큐는 검사 횟수가 되풀이되며 점점 등급이 내려갔고, 결코 부모가 기대하던 일등을 할 수 없는 두뇌라는 결과가 나왔다.

산다는 건 진실이었던 것이 거짓이 되고, 거짓이었던 것이 진실이 되는 일이다. 그래서 나는 아직도 그곳에 서 있다.

그리고 기다린다. 내가 기다리는 그 기차가 도착하기를.

솔, 미, 솔, 미, 띵동 띵동 종 치듯 즐겁게 도착하길. 드럼 치듯 뜨트득 뜨트득 흥겹게 도착하기를.

빨간꽃, 노란꽃, 주황꽃, 파란꽃, 분홍꽃, 흰꽃, 보라꽃, 아니면 온 색이 다 섞인 색일지라도. 빨리 피는 꽃, 느리게 피는 꽃, 큰 꽃, 작은 꽃, 혹은 꽃나무가 아닌 그냥 나무일지라도, 나무가 아닌 그냥 풀일지라도. 제 뿌리 단단히 땅에 박고 양분 빨아들여 생기 있게 하루하루를 열어가는 생명들이 함빡 웃을 수 있기를.

아직 오지도 않은 내일 때문에 두려움에 떠는 것이 아니라, 단지 이 아이는 오늘의 아이로서 반짝거릴 수 있기를. 상위 몇 퍼센트이건 하위 몇 퍼센트이건 생명은 생명으로 귀하기를. 존재는 존재로 아름답기를. 등수를 매길 필요가 없기를.

어린 시절 지나온 그곳으로 되돌아간다.
나는 아직도 그곳에 서서 기다린다.
봉화의 오래된 기찻길 앞.

바로. 그곳에 서서.

기차가 안전하게 지나가기를.

띵동 띵동 기차 지나가는 소리

낙엽 밟는 소리

엄마가 그랬다. 너희 아빠 웃긴다고.
평생 이런저런 걸 사줘도 신발은 안 사줬다고.
미신인데, 신발 사주면 그 신발 신고 떠난다는 얘기가 있다고.
아빠는 그래서 아직도 엄마에게 신발을 안 사준다고.
듣는데, 아빠만 웃긴 게 아니라 엄마도 웃겨서 슬몃 웃고 말았다.

지난주, 내 생일날 신발 선물을 하나 받았다.
굳이 신발을 보낸 그를 규정하고 명명하자면, 그는 내 옛 인연이다. 아니, 그가 이 세상에 있다는 사실조차 잊고 지냈다고 말하는 게 더 정확할 것이다.

그는 내 생일 전날 카카오톡을 보냈다.

"내일 생일이네."
"응."
"뭐 갖고 싶은 거 없니?"
"운동화. 그 분홍 운동화 빵꾸났어."

"책이 아녀서 반갑다."
그는 웃음을 보인 뒤 눈처럼 흰 운동화를 선물했다. 도착한 기프트 카드에 주소지를 입력하니 이틀 후 운동화가 집으로 배달되었다.

서로가 필요하던 결정적인 순간 곁에 있어줄 수 없어 서로 미안해했던 한 관계가, 유난히 밥벌이가 고통스럽던 날 '네가 지나온 골목길은 여기야. 거긴 이렇게 예쁜 곳이었어' 하고 알려주었다.
그 관계가, '오늘은 오래전 네 부모님이 널 낳은 날이야. 첫아이를 낳고 기뻐서 이름을 지었다가 지우고 새로 짓고, 지우고 또 새로 짓던 날이야' 하고 위로해주었다.

신어보니 마치 내 발에 소조를 한 듯 꼭 맞는 운동화다. 새 신발은 떠남을 촉발한다.
좋아해서 익숙한 그 길로 새 신을 신고 떠난다. 내게 맞지 않아 잃어버린 길은 다시 잃어도 좋을 것이다.

나는 시월에 태어났다.

시월, 인디언의 달력으로는 '잎이 떨어지는 달'이라지.
새 운동화를 신고 시월의 갈색 낙엽을 밟아본다.

올해의 잎이 떨어졌으니 내년엔 다시 내년의 새잎이 돋을 수 있는 것이겠지.

가거라, 가거라 낙엽 밟는 소리

너의 날갯짓 소리

"내가 이렇게 추운데, 추위 많이 타는 엄마는 얼마나 더 추울까요?"

아이와 함께 우산 한 개를 나눠 쓰고 퇴근하는 저녁. 가을비가 추적추적 내렸다. 비를 맞은 왼쪽 팔에는 오소소 소름이 돋았고 나는 움츠러들었다.
작고 작은 아이는 내 쪽으로 우산을 기울여 씌워주며 중얼거렸다.
"내가 이렇게 추운데…."

우산 위로 푸드덕 푸드덕 비는 떨어지고 있었다.
내 쪽으로 우산을 기울이는 아이의 말간 옆모습을 보고 있자니 푸드덕 푸드덕 무심하게 내리던 비가 푸드덕 푸드덕, 새의 부드러운 날갯짓으로 바뀌어 들렸다.

쓸쓸하고 축축하던 가을비가 아늑하고 촉촉한 가을비가 되는 순간이었다.

아이의 따스하고 커다란 마음이 내 춥고 작은 마음을 감싸 안아 주던 순간, 움츠러들던 나를 반듯하게 펴주던 소리였다.

푸드덕 푸드덕.

너는 그토록 큰 날개를 지녔구나.
너는 나보다, 훨씬, 더 높게, 더 멀리, 더 아름답게 날겠구나.

푸드덕푸드덕 너의 날갯짓 소리

구급차 소리

쿵 소리가 났다. 위층에 사는 엄마가 절구를 떨어뜨렸나 보다 했다. 잠시 후 엄마에게서 전화가 왔다. 넘어졌으니 올라와 보라고 했다. 거실 바닥에 반듯하게 누운 엄마는 운신을 전혀 하지 못했다.

일일구에 전화를 했다. 아직 솜털이 보송한 앳된 대원들이 엄마를 힘겹게 들것에 옮겼다. 구급차의 뒷자리에 엄마와 함께 타고 가며 멀어지는 동네 풍경을 바라보았다. 차는 꿀렁이며 속도를 냈고 나는 멀미 때문인지 내 손을 잡고 두 눈을 질끈 감은 엄마의 창백한 얼굴 때문인지 토할 것만 같았다. 입원한 엄마는 혼자 힘으로는 식사나 대소변을 해결하지 못하셨다. 허리가 부러진 것이다. 내 생애 최초로 엄마를 먹이고 밑을 닦아드렸다. 엄마 또한 생애 최초로 아무것도 하지 않은 채 누워만 있었다.

허리가 부러지고 나서야 쉴 수 있었던 엄마. 허리가 부러지고 나서야 남이 해주는 밥을 받아먹을 수 있었던 엄마. 딸이 떠먹이는 밥을 입 벌려 받아먹던 엄마. 아이를 낳고 엄마라는 존재

를, 엄마라는 여성의 삶을 다시금 떠올릴 때가 많았지만 그때처럼 통곡의 심정으로 헤아려본 때가 또 있었을까.

길을 걷다, 차를 타고 가다, 문득 긴급하게 불을 켜고 왜애애앵 소리 내며 달리는 구급차를 보면 저절로 이런 생각이 든다.

'저 안에 산목숨이 들어 있구나, 저 차에 생사가 달려 있구나. 모르는 목숨이 와서 다른 모르는 목숨을 살리겠다고 애쓰는구나. 다급하게 달려가는구나.'

사건을 밖에서 보는 타자일 때와 그 안으로 들어간 당사자일 때의 구분은 그리 먼 곳에 있지 않았다. 언제든 내게도 일어날 수 있는 일들이 타자의 불행이었고 눈물이었다. 타자와 나는 이토록 긴밀하게 연결되어 있다. 또한 나는 아이와도 연결되어 있고 엄마와도 연결되어 있다.

관계의 색깔이 있다면, 연결이 지닌 아름다움이 있다면, 저 빛나는 경광등과 같은 붉은색일 것이고 그것에 소리가 있다면 모든 걸 비켜서게 하는 저 사이렌의 소리일 것이다.

왜애애앵 구급차 소리

모두 웃게 만드는 마법의 소리

너는 이제 젖니가 올라오는 아가
백발 할머니가 너에게 재롱을 떠신다

울루룰루루루 하고 고개를 좌우로 흔들다가
까꿍! 하는 순간, 딱! 멈추며
너랑 눈 맞추신다

너는 웃는다, 활짝

하얀 햅쌀 같은 젖니를 드러내고 웃는다
고개를 뒤로 젖히며 까르르르 웃는다

까꿍! 하는 순간 시간은 멈추고

약하고 어린 생명을 귀하게 여기는 할머니와
웃느라 침을 흠뻑 흘리는 아가 사이의 공간이 열린다
그곳에서 온 가족의 웃음이 꽃봉오리처럼 터진다

할머니가 아가에게,
아가가 할머니에게 기쁨이 되는
마법의 주문

울루룰루루루, 까꿍!

까꿍 모두 웃게 만드는 마법의 소리

볼펜 꼭지 눌러대는 소리

영어 선생님이라는 직업이 생긴 이래로 나는 중간에 한 번도 쉬지 않고 일을 해왔다. 그동안 번 돈을 다 쌓아보면 내가 살고 싶은 집을 가장 좋아하는 도서관 앞에 이미 지어 올릴 정도의 액수가 될 것이다. 그런데 그 돈은 다 어디로 간 걸까?

왜 내 수중에는 돈이 없는지. 왜 나는 늘 가난한지. 이렇게 평생 고생만 하다가 죽는 건 아닌지. 앞으로 살날이 많은 게 아니라 고생할 날, 견뎌야 할 날들이 더 많은 건 아닌지. 나는 왜 돈을 벌면서도 늘 내가 가고 싶은 곳에 갈 수 없는 건지 막막한 날이 있다. 왜 나는 내가 갖고 싶은 것을 가질 수 없고, 왜 나는 내가 보고 싶은 사람을 보면서 살 수 없는 건지…. 이런 생각들로 갑자기 서러워지는 날이 있다. 우는 모습을 들키고 싶지 않아 아무도 모르게 혼자 우는 날이 있다.

왜 나는 남편도 없고, 연인도 없고, 돈도 없고, 아들들은 공부도 안 하고, 정을 주는 학생들은 나를 떠나는지, 일상이 상처가 되는 날이 있다. 상처와 상처들이 자꾸만 생각을 찔러와 너무너무

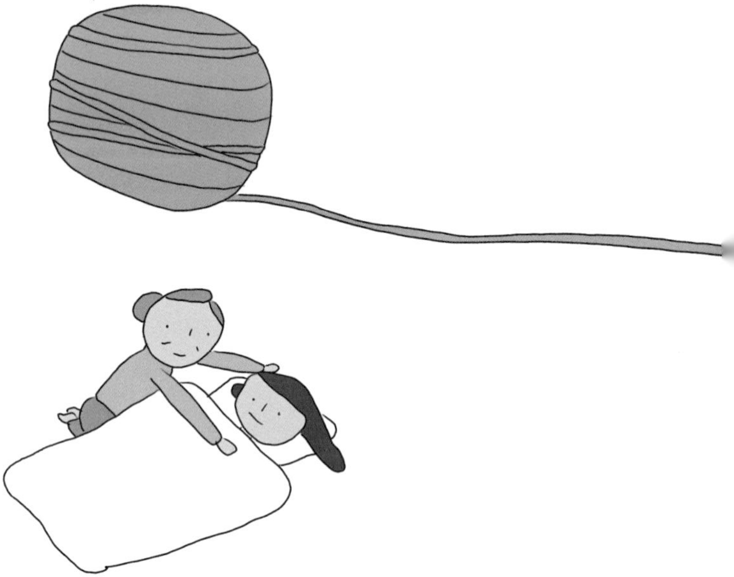

서러워져서 혼자 우는 날이 있다.
그럴 때 엄마에게서 카톡이 왔다. 알록달록 털실들 사진을 보낸 것이었다. 혹시 갖고 싶은 게 있으면 말하라며 이중에 원하는 색깔이 있으면 그걸로 짜주겠다고 했다. 진분홍, 연분홍, 파랑, 하늘, 노랑의 동그란 털실 뭉치들이 귀여웠나 보다. 가볍고 작은 웃음이 나왔다.

엄마는 우리 자매들이 어릴 때, 카디건이며 스웨터를 짜서 수출하는 일을 했다. 그걸로 엄마는 쌀을 사고, 고등어 자반을 사고, 딸아이 운동화를 샀다. 엄마는 잠깐의 짬이 나도 손을 놀리지 않고 딸들의 치마와 조끼를 떴다. 우리가 자라 어른이 되고, 아이들이 태어나자 엄마는 이제 손주들의 옷과 모자와 목도리를 뜬다.

엄마가 보내준 사진을 들여다보다가 엄마는 이 고운 실들로, 정작 자기 옷을 해 입은 적이 있을까 문득 궁금해졌다.
엄마는 과연 뜨개질을 해서 자신의 물건을 제대로 가져본 적이 있을까? 자투리 실로라도 당신의 옷을 떠서 입은 적이 있을까? 엄마는 까끌거리지 않는 실로 자신만의 포근하고 보드라운 목도리를 짠 적이 있을까?

항상 내게 자신이 가진 가장 좋은 것을 주고 싶어 하던 엄마가 알면 얼마나 가슴 아플까. 딸이 문 닫아걸고 혼자 몰래 울고 있다는 것을 알면 얼마나 가슴 아플까. 이런 생각이 들자 눈물이 걷잡을 수 없이 흘렀다. 울고 나서, 눈물을 마저 닦았다.

그리고 리스트를 작성하기 시작했다. 이 상황을 벗어나기 위해 내가 할 수 있는 일들을 적어나갔다. 하루를 이십사 시간으로 나누고 공부할 수 있는 시간을 찾아냈다. 운동할 수 있는 시간도 찾아냈다. 책을 읽고 글을 쓸 수 있는 시간도 찾아냈다. 지속적으로 성장하기 위해, 그 누구에게도 의지하지 않기 위해, 그러면서 아이들을 잘 키우기 위해 할 수 있는 일들을 적어나갔다.

리스트를 작성하자 종이 위에 눈물 떨구던 소리는 사라지고 어느새 고심에 찬 볼펜 꼭지 따닥거리는 소리만 남는다.

정신을 차리고 집중하는 소리다. 따닥!
볼펜에서 나는 이 소리는 매일 수십 번은 반복해서 들었을 텐데 오늘따라 새롭게만 느껴진다.

오늘 나는 새로이 깨닫게 되었기 때문이다. 내게 최고의 모습을 기대하는 사람이 나를 가장 사랑하는 사람이라는 것을. 그러므로 나 또한 그 사람에게 최고의 모습을 보여주기 위해 노력해야 한다는 것을.

그리고 오늘은 그 사람이 우리 엄마라는 것을 말이다.

따닥따닥 볼펜 꼭지 눌러대는 소리

사과 먹는 소리

"부석 고모네서 사과 두 박스 가져왔다. 먹을래?" 엄마가 물었다. "응. 열 개만 줘요." 놔둬 봐야 할머니 얼굴처럼 쪼글쪼글해지고 말 것 같아 열 개만 달랬더니 엄마가 웃었다. "하이고 누구 코에 붙이나." "코에 붙이긴 좀 그렇고."

저녁에 만난 엄마는 자루 하나를 내밀었다. 내 힘으로 나를 수 없어서 차 안에 뒀다. 정말 열 개가 들어 있는지 의심스러웠다. 언제고 큰아들에게 날라달라고 부탁해야지 하고 그냥 뒀다. 이 사과 자루는 조수석에서 며칠째 나와 출퇴근을 같이 하고 있다. 퇴근해서 집에 올 때마다 세 알씩 가방에 넣어 나르던 게 어느새 반 자루 남았다. 십일월의 해는 사과를 공격하지 않는구나. 며칠을 저렇게 둬도 말짱하니.

"아침 먹고 가"라고 아이에게 말한다. "아침에 아침을 어떻게 먹어요?" 이렇게 답하는 아이에게 사과를 깎아준다. 양치했다고 아무것도 안 먹겠다고 하던 아이가 사각사각 깨물어 먹는다. 엄마가 인터넷으로 주문하던 사과와는 그 맛이 차원이 다르다

〈고모네 사과〉

나도 먹고 자란 고모네 사과.

내가 자라서 낳은 아이도 먹고 자라는 우리 고모네 사과

정말로 꿀이 들어 있는 고모네 꿀사과

고 말한다. 사과에는 꿀이 박혀 있고 꿀이 박힌 부분과 그냥 살은 다른 맛이 난다고 말한다. "아 그래? 맛이 달라? 부석에서 고모할머니가 직접 키운 사과야. 진짜 맛있지?" 하고 묻는다. 고개를 끄덕이며 사각사각 사과를 깨물어 먹는 아이를 보는 일은 기쁘다.

나도 먹고 자란 고모네 사과. 내가 자라서 낳은 아이도 먹고 자라는 우리 고모네 사과. 정말로 꿀이 들어 있는 고모네 꿀사과. 껍질을 깎을 때도 사각사각 소리가 나는 사과, 이와 이 사이에서 터져나오는 과즙과 함께 사각사각 소리가 나는 사과. 우리 고모네 사과. 부석사 아래에 사는 우리 고모네 사과. 십일월 햇살 아래 반짝반짝 사과알 같은 우리 고모 닮은, 고모네 사과.

사각사각, 동그래지는 아이 볼, 사각사각, 동그래지는 내 마음.

사각사각 사과 먹는 소리

아이가 달려가는 소리

오늘 아침 여덟 시 사십칠 분 상황.

아이가 남긴 밥 조신하게 퍼먹고 있는데, 누군가 급하게 누르는 도어락 소리가 들린다. 이 시간에 학교에서 집으로 되돌아온다는 건 뭔가 일이 생겼다는 것. 벌컥 문을 열고 아이가 들어온다.

"무슨 일이야?"
"엄마, 제가요. 헉헉. 바지를, 헉헉. 뒤집어 입었어요. 이것 보세요. 주머니가 엉덩이에, 헉헉."

나야말로 헉!

아니, 저것 때문에 집까지 달려오다니! 저런 융통성 없는 녀석 같으니. 그냥 화장실에 들어가서 갈아입지! 내 걱정이 끝나기도 전에 아이는 바지를 벗어 다시 돌려 입고 타닥타닥 타다닥 달려 나간다.

엊저녁, 내 무릎 베고 누워 좋아한다고 고백하고픈 여자애가 있다던 아이가 바로 저 아이다. 그 여자애 이름을 형이 듣지 못하게 귓속말로 소곤소곤 말해주던 아이가 바로 저 아이다. 가와사키병을 앓아 십칠 개월에야 첫걸음마를 떼던 아이가 바로 저 아이다. 골수를 빼는 처치실 앞에서 죽지만 말라고, 살아만 달라고 나를 무너지게 하던 아이가 바로 저 아이다.

타닥타닥은 장작불 타는 소리라고 누가 그랬나. 그것은 모든 소리가 될 수 있다.

타닥타닥, 너무나 선명한 저 소리.
오늘은 아기 새가 달려나가는 소리다.
어느 순간 훌쩍 날아오르기 위해 신나게 달리는 아기 새의 소리다.

타닥타닥 아이가 달려가는 소리

어린 소가 엄마를 부르는 소리

내가 초등학교 사학년 때 아버지는 교통사고를 당했다.

크게 당한 사고라, 오른쪽 다리가 네 동강이 났다. 오른쪽 얼굴 전체에 유리 파편이 박혀서 얼굴이 일그러졌다. 죽었다 살아난 아버지는 이 년간 병원에 입원해 있었다. 똥오줌을 받아내야 하는 병수발을 아내 말고는 할 사람이 없었다. 그의 아내인 내 어머니는 병원에 붙박이 신세가 되었고, 나는 할머니 손에서 컸다.

엄마가 가끔 집에 들르러 오면, 나는 엄마에게
"아이고, 왜 벌써 이 옷을 꺼내 입었어? 아직 춥잖아." 아니면,
"아이고 땀 좀 봐! 왜 이리 두꺼운 걸 입고 있어? 날도 더운데?"
하는 말을 듣곤 했다.

어느 초겨울. 우리 반 남자애가 나를 아빠 없는 애라고 놀렸다.
"웃기시네! 우리 아빠 있거든!"
"한 번도 못 봤는데? 거짓말하고 앉았네!"
"우리 아빠 아파서 병원에 입원해 있거드은~? 우씨, 와아아앙~"

말싸움 끝에 울음을 터뜨리고 말았다.
남자아인 당황했다.
“야! 아빠 있다면서 울긴 왜 울어? 아 진짜. 아씨.”
달래지도 못하고 멀뚱히 서 있는 아일 두고 나는 엉엉 울었다.

그날 저녁이었을 거다. 엄마가 문득 집에 온 날이.
엄마는 버스에서 내려 집으로 가는 길에 혹시나 하고 운동장을 살폈고, 거기에 내가 있었다.

나를 부르는 엄마 목소리를 듣고 와다다다다 달려가서 안긴 후 앙앙 울었다.
“엄마 엄마. 어음마. 어음마.”
“아니 무슨 일 있었어?”
“아니 그냥 보고 싶어서.”
“아이고오~ 무슨 일 있구만!”
“아니라니까!”
엄마의 커다란 눈에 불안과 슬픔이 이내 가득 고였다.

커다란 눈에 감정과 생각이 다 드러나는 커다란 짐승. 유순하고 힘이 좋다는 이유로 묶여 사는 짐승. 소의 눈이 엄마의 눈을 닮았던가. 엄마의 눈이 소의 눈을 닮았던가. 엄마는 유순하고 건강했다.

엄마도 여잔데. 착하고 건강하다는 이유로 쇠붙이를 달구고 때리듯 돌아가는 일상. 매여서 이리저리 끌려다니던 소처럼 고단한 일상.

엄마도 아이여서, 엄마의 엄마에게 안겨 울었을 때가 있었을 텐데. 엄마도 사람이어서, 엄마의 엄마에게 안겨 울고 싶을 때가 있을 텐데.

"엄마 엄마. 어음마. 어음마."

"무슨 일 있었어?"

"아니, 그냥."

이라고 말하고 싶을 때가 있을 텐데.

소의 울음소리는
세상 모든 엄마를 부르는 원초적인 소릴 닮았다.
고요하고 아픈 울림을 담았다.

어음마 어음마 어린 소가 엄마를 부르는 소리

꿀벌의 날갯짓 소리

일벌들은, 애벌레 한 마리를 키우기 위해 아기방을 하루 천 번 이상 방문한다. 꿀벌 한 마리를 키워내는 데 팔백 마리의 벌들이 서로 돕고 돕는다. (와우! 팔백 마리라니.)

온도 습도를 유지시키는 건 기본이고, 반경 사 킬로미터까지 꿀과 꽃가루를 가지러 날아간다. 내 손톱만큼이나 작은 벌이 사 킬로미터나 멀리 나갔다 길을 잃지 않고 되돌아온다.

벌들은 춤을 통해 그 먼 길을 안내하고 찾는다. 동그라미 한 개를 그리며 돌 때는 꿀이 백 미터 이내에 있을 때다. 팔자를 그리며 꼬리 춤을 출 때는 꿀이 백 미터 이상의 거리에 있을 때다.
벌은 몸에 비해 날개가 무척이나 작다. 알고 보면 말이 안 되게 놀라운 사실이다. 통통한 벌이 그 작은 날개로 난다는 건 말이다.

벌은 날기 위해 날개를 프로펠러처럼 빙빙 돌린다.
그렇다. 프로펠러처럼 빙빙, 빙빙.

나비나 새처럼 날개를 쫙 펼쳐서 퍼덕거리는 게 아니란 얘기다. (이 글을 쓰며 팔을 펼쳐서 새처럼 퍼덕여도 보고 벌처럼 팔을 빙빙 돌려도 본다. 역시 돌리는 게 훨씬 더 힘들다.)

아니, 대체 일 초에 몇 번이나 날개를 돌려대면 그런 소리가 나는 걸까? 주파수를 맞추고 있는 듯한 소리, 전자기기에서 나는 듯한 소리, 브즈즈즈즈 하는 그 소리 말이다.

성충이 되기까지 애벌레를 천 번이나 돌보는 그 정성에서, 싸구려 설탕물을 빨아 마셔도 황금빛 꿀물을 만들어내는 그 신비함에서, 동료에게 길을 안내하는 흥겨운 꼬리 춤에서, 나는 인간보다 더 인간적인 가치를 본다. 자신들의 존재 이유와 함께 끝끝내 놓지 않는 아름다운 가치를 본다.

"아이 하나를 키우는 데 온 마을이 필요하다"라는 말이 있다. 바로 그것. 말보다 강한 몸의 공감 능력을 가진 벌들이 이미 지키고 있던 가치였다.

화려한 언변이 아니라 몸을 움직여 소리로 마음을 전달하는 꿀벌. 자기보다 약한 존재를 지켜내는 꿀벌. 동료를 밀쳐내야 하는 경쟁 상대가 아니라 함께 손잡고 나아가는 화합과 조화의 대상으로 여기는 꿀벌들이 지키고 있던 가치였다.

브즈즈즈즈

아, 이 소리. 참 귀하고 아름답다.

꿀벌의 소리, 붕붕붕이 아니에요.

브즈즈즈즈 꿀벌의 날갯짓 소리

주스 따르는 소리

몸이 좀 아팠다. 한 달에 한 번 다른 여성들도 그렇듯이 말이다. 다른 이들이 아픈 것은 많이 봤어도 내가 이렇게 아픈 것은 드문 일이다. 무슨 일이 있어도 오늘은 꼭 운동 등록하고 말 거라는 굳은 결심 따위는 우습게 만들어버리는 호르몬의 위력 앞에서 좌절한다. 왜 이럴까. 내 몸은. 의지와 계획을 우습게 만들어버리는 몸 안의 시계와 몸의 통증 앞에 도무지 속수무책이다.

아침 내내 잤다. 자다가 깨서 정신 차리려고 핸드폰을 켠다. 잠깐 들여다본 페이스북에서 친한 언니네 가족의 생일 케이크를 본다. 불현듯 깨달았다. 오늘은 아이 생일이다. 아, 그래서 더 아팠구나. 삼십 년 전 통증을 몸이 기억하는구나. 어젯밤까지만 해도 우리는 다정하고 실용적인 대화를 나누었다.

"네가 태어난 게 얼마나 기쁜지 몰라."
"알아요."
"넌 정말 최고의 선물이야."
"알아요. 선물 사주세요."

그러고도 잊어버리다니! 그런데 망가져가는 기억력 앞에서 다시금 울 것 같은 심정이 된다. 어떻게 우리 아기 다람쥐의 생일을 잊어버릴 수가 있지!

내가 운영하는 학원은 방학 두 달 동안 학생이 사십 퍼센트 정도 빠진다. 그래서 일월, 이월은 참 가난하지만 다행이다. 가난해서 다행이다. 그만큼 시간이 많다는 것이니까. 평소보다 두 시간 일찍 마친 나는 아이와 함께 마트에 간다. 갈비, 샐러드용 채소, 딸기, 치즈, 양지머리, 아이비 크래커, 두부, 계란, 동그랑땡, 닭꼬치 등의 식재료를 산다.

아이 눈이 둥그레진다. 겨울에는 더욱 가난해지는 엄마가 한우를 덥석덥석 집으니 말이다. "엄마, 이거 한우 아니죠?" 아이는 바코드 옆의 글씨를 보고 농담을 한다. 지난번에는 안 된다고 했던 마시멜로도 사고, 지난번에는 사지 말자던 과자도 사고, 노랑 설탕물이라 안 된다던 망고주스도 산다. 장볼 때 한 가지 과일만 사던 엄마가 여러 가지 과일을 산다. 그리고 누가 기프티콘을 보내주는 게 아니면 운전하기 귀찮다는 핑계로 사준

적이 없는 아이스크림 케이크 가게도 간다. 아이가 너무 기뻐서 폴짝폴짝댄다. 그런데 아이는 알까? 폴짝대는 녀석보다 내가 더 기쁘다는 걸. 그래서 그 기쁨이 날 짓누르는 호르몬을 이기고 오늘 저녁 내내 깡총거리고 있다는 걸.

한 사람이 태어난 게 이토록 기쁘다니. 그 사람을 위해 신선한 재료를 골라 요리를 하고 상을 차려낸다는 게 이토록 기쁘다니. 뭔가를 계속 해주고 싶은 사람이 있다니. 오히려 해줄 수 없을 때 마음이 아프다니. 아, 이토록 벅찬 마음일 수 있다니. 이런 벅찬 기쁨을 알게 해준 존재와 함께 밥을 먹다니. 놀랍고 그저 감사하기만 하다.

오늘은 작고 단단한 밤이다. 오늘은 크고 달달한 밤이다.

아이들이 모두 잠든 밤, 설거지를 끝낸 후 식탁 앞에 앉아 아이가 좋아하는 망고주스를 한 잔 마신다. 또르르르! 망고주스가 유리잔에 떨어지는 소리가 오늘따라 유난히 달고 단단하다.

또르르르

주스 따르는 소리

자전거 바퀴 돌아가는 소리

아이가 일곱 시가 넘도록 연락도 없이 늦는다. 이런 일이 없었는데, 전화를 안 받을 애가 아닌데…. 이상하다, 이상해. 걱정이 되려는 순간 아이가 헐레벌떡 현관문을 열고 들어선다.

"엄마!"
엄마에게 할말이 많은 아이는 숨이 차다.
"엄마!"
"엄마!"
"나 있잖아요!"
"나 자전거 배웠어요!"
자랑스레 외치며 손을 내미는 녀석.
"엄마! 저 그런데 자전거 타다가 손을 다쳤어요."

으악! 녀석의 양손이 다 까졌다. 녀석은 손이 까졌거나 말거나 이제 자기가 자전거를 탈 수 있다고 뿌듯해한다.
"엄마! 저 자전거 사주세요! 그런데요, 뒤에 짐칸 있는 자전거로 사주세요!"

"응? 짐칸 있는 자전거?"
"뒤에다 동생 태워주고 싶어요."
아… 지복이다.

자전거 못 타는 엄마 때문에 아이 역시 자전거 못 타는 소년으로 자라는 게 참 미안했는데, 친구와 놀다가 알아서 자전거 타는 법을 익힌 아이가 동생 태워주고 싶다고 짐칸 있는 자전거 사달라고 말한다. 아이의 저 도톰한 입술이 클로즈업되어 내 눈과 마음에 가득 담긴다.

형제들끼리의 우애는 내게 지복이며 행복이다. 형제들끼리의 우애는 미숙하지만 한발, 한발 나아가며 그 발자국으로 그리는 그림이다. 미숙하여 더욱 눈물나는 그림이 만드는 영상이다.

영화 필름이 돌아가는 것처럼 촤르르르, 자전거 바퀴가 돈다.
바퀴가 돌며 영상을 만든다.
감동적인 영상을 만든다.

눈물 나는 영상을 만든다.

촤ㄹㄹㄹ 자전거 바퀴 돌아가는 소리

첫아이의 첫걸음마 소리

너를 햇살에게 자랑하듯 내어놓고
너의 첫걸음마를 보라고
햇살더러 와서 보라고
어서 와서, 너를 기특하다
대견하다 칭찬하라고
첫 운동화를 신기고
아파트 마당을 걸리던 날
나는 자꾸만자꾸만 하늘을 흘깃거렸다

포천시 영북면 운천리의 군인 아파트에서
칠십 년도에 지어진, 제일기갑여단의 동굴 같던 아파트에서
우리 사는 곳이 어떤가 보러 올라오셨던 네 할아버지는
징역살이도 이런 징역살이가 없다며 소주잔을 기울이셨다

내 슬픔을 햇살에 말리던 그날
너를 햇살에게 자랑하던 그날
너는 콩콩콩 도장을 찍으며 아파트 마당을 돌았지

네가 밟고 지나간 자리마다
내 눈물이 인주되어 콩콩콩
맑은 소주가 인주되어 콩콩콩
그날은 햇살이 너를 따라가며 슬픔을 말렸지

사람의 슬픔을 말렸지

콩콩콩 첫아이의 첫걸음마 소리

치킨 무 씹어 먹는 소리

마음이 무간지옥에 갇힌 날
함부로 베어낸 대나무 창 같은 말들이 마구 나를 찌른 날
듣는 치킨 무 씹어 먹는 소리

그는 내게 사장이라는 이유로 위력적이고 싶은가 씁쓸한 날
그는 내게 무례함으로 자신이 사장임을 드러내고 싶은가 씁쓸한 날
그는 내게 불편함을 안겨주고 자신은 편안하고 싶은가 그는 언제부터 그렇게 삐뚤어졌나 왜 내 의도를 왜곡하나 내가 무얼 잘못했나 어디에서 그의 마음이 상한 걸까 생각하고 또 생각하게 되는 날

속이 상하고 지쳐 밥을 할 수 없는 날
배달시킨 간장 치킨을 받아들고 아이가 배실배실 웃는다
배실배실 웃으며 치킨도 먹고 무도 먹는다

뽀그작 뽀그작

사랑하는 아이가 생글생글 웃으며 내 눈앞에서 치킨 무 씹어 먹는 소리
까만 눈 반짝이며 치킨을 먹던 아이가
분홍빛 볼이 복숭아처럼 동그래지며 치킨 무 씹어 먹는 소리
뽀얗고 상큼한 소리

나의 모든 슬픔이 위로받는 소리,
내 슬픔으로 인해, 작은 기쁨 하나 더욱 드러나는 소리

지하에서 지상으로 올라가는 계단이 놓이는 소리
아이가 치킨 무 씹어 먹는 소리
내 마음이 아이 볼처럼 통통해지는 소리

뽀그작뽀그작 치킨 무 씹어 먹는 소리

커피콩 가는 소리

아이가 낮에 있었던 일을 종알종알 이야기한다. 오늘은 점심 때 급식으로 와플이 나왔다고 이야기한다. 녀석이 태권도장에서 배운 것을 보여준다. 아이의 동작을 따라 하다가 마주 보고 둘이 깔깔 웃는다.

문득 엄마가 생각난다. 우리 엄마도 그랬지. 내 이야기를 듣다가 빵빵 터지곤 했지. 다만 다른 것은, 나는 아이의 이야기를 미안해서 들어주는 것이라면 엄마는 재미있어서 들어주었다는 점이다.

엄마는 우릴 키우며 가장 재미있었던 시기가 우리가 학교에서 있었던 일, 배운 것들을 모두 다 종알종알 이야기해줄 때였다고 한다. 나는 엄마와는 달리 내가 이야기를 들어주지 않으면 아이가 누구에게 이야기할까 하는 염려가 더 크게 작용한다. 물론 아이의 이야기도 재미있지만, 그래서 깔깔댈 때도 있지만 다른 재미있는 일도 많기 때문이다.

나는 책도 재밌고, 영화도 재밌고, 유튜브도 재밌고, 자는 것도 재밌고, SNS도 재미있는데, 중매로 아빠와 결혼한 엄마는 아이

키우는 재미 말고 과연 무슨 다른 재미가 있었을까 하는 생각을 한다. (푹. 순간 아파오는 마음.)

아이가 내게 말하듯 나도 엄마에게 학교에서 있었던 일들을 이야기하던 때가 있었다. 초등학생이었던 먼 과거의 어느 날이었다. 한 친구가 내 글쓰기 숙제를 가져가 원고지에서 내 이름만 지우고 자기 이름을 적어서 냈다. 너무 어이가 없어서 화도 못 내고 있는데 엄마가 말했다.
"갸가 마음이 지금 더 불편할 끼다."
그때가 어쩌면, 최초로, 자신만 아는 거짓과 진실에 대해 생각한 때였는지도 모른다.
나를 놀리고 괴롭히던 한 남자애가 솔기가 뜯어진 옷을 입고 학교에 온 게 우스워서 그걸 엄마에게 흉봤더니 엄마가 말했다.
"그라지 마라. 갸는 엄마가 없어서 딱하다."
그때가 '각각의 사람에게는 내가 알 수 없는 사정이 있을 수 있겠구나' 하고 최초로 생각한 때였는지도 모른다. 기억 속의 엄마는 내 이야기를 재미있어할 뿐만 아니라 듣고 나서 많은 걸 생각하는 힘을 키워주기도 했다.
오늘 아침, 학교 갈 준비를 하던 아이가 옷장에서 내 롱코트를 꺼낸다. "엄마, 엄마. 오늘 이거 입고 가세요."
아! 맞다! 생각해보니 오늘은 아이의 학교 공개 수업일이다. 학교에서 무슨 행사가 있는지 나보다 더 잘 챙기는 녀석이 고맙다.

"엄마, 오늘 이상하게 입고 오면 안 돼요!"
"재밌는 녀석 같으니. 그래 잘 차려입고 가마."

아이들 모두 등교한 후 조금 여유가 생겨 커피콩을 꺼내 그라인더에 간다. 그라인더 손잡이를 돌리다 문득 식탁 의자에 걸쳐놓은 롱코트에 눈길이 닿자 웃음이 절로 난다. 커피콩을 갈며 미소 짓는다.

커피콩을 드리퍼에 붓고 물을 부으며 향에 취해 있다, 문득 내가 기쁨과 즐거움을 누릴 만한 사람인가 싶어진다. 엄마와 아이들에게 모두 미안해지고야 만다. 나는 우리 엄마 덕에 깊어지고, 너희들 덕에 맑아지는데, 너희는 언제 깊어지고, 언제 맑아질까.
너희는 우리 엄마처럼 사랑이 많은 엄마가 아니라, 나처럼 생각이 많은 엄마를 엄마로 둔 아이들이라, 어쩌면 좋을까.
미안해서 어쩌면 좋을까. 우리 아이들같이 다정하고 귀여운 아이가 아닌, 차갑고 무뚝뚝한 딸을 둔 우리 엄마는 어쩌면 좋을까.

콩이 아니라 내가 갈아져야겠다. 내 속에 고여 있는 귀한 이들의 향기가 우러날 수 있도록.

주륵 주르륵, 콩이 으깨지며 갈아지는 소리는 내 껍질이 으깨지며 갈아지는 소리. 내가 고치지도 못하는 내 모양새에 미안함의 눈물을 흘릴 때를 닮은 소리.

주륵 주르륵 커피콩 가는 소리

세탁기 돌아가는 소리

우리 집 수도관이 동파되었을 때였다. 업체를 불러서 고치고 나자 마당 한가운데에 커다란 구멍이 생겼다. 업체에서는 마당을 뚫어 낡은 배관을 새것으로 바꿔주긴 했지만 마당을 메꿔주지는 않았다. 저걸 어쩌나 하고 있는데 아부지가 커다란 시멘트 자루를 떠메고 나타나셨다.

마당 귀퉁이에 시멘트 가루를 자그마한 산 모양으로 부어놓고 물을 그 가운데 넣어 백두산 천지 모양으로 만든 다음, 밀가루 개듯 개어가던 아부지. 아니 저런 건 대체 언제 배운 거야?

추우니 너는 들어가 있으라고 해서 집에 들어갔다 나오니 어느새 마당은 이전보다 깨끗하게 시멘트로 펴 발라져 있고 아부지는 사라져 있었다.

이상하게 비만 오면 수도 계량기 뚜껑이 들려 올라가고 그 속에 든 내장재 스티로폼이 같이 떠올랐다. 이 집에 사는 식구들은 보고도 그냥 지나치는데 어느 날 그걸 본 아부지가 인부들을 끌고 나타났다. 드릴로 그 주변을 다 깨내고 수도 계량기 통 전체를 바꿔주셨다. 시에서 내게 물을 팔고 있고 내가 물을 사서 쓰고 있으므로 그렇게 노후한 계량기 통 자체는 바꿔주는 게 맞다는 거다. 아부지 주장대로 시에서는 여기저기 패이고 낡고 때 탄 파란 플라스틱 뚜껑을 번쩍번쩍이는 은색 쇠 뚜껑으로 바꿔줬다. 덕분에 동파 걱정, 비올 때 뚜껑이 마당에 둥둥 떠다닐 걱정은 덜었다.

우리 집 샤워기가 망가졌다. 물을 틀면 샤워기 구멍이 아닌 다른 곳으로 도망치려는 듯 가느다란 물줄기들이 쉭쉭 새기 시작했다. 그렇게 며칠을 새는 물줄기들에 머리 감을 때마다 옷을 버리고 나자 헤드와 줄이 저절로 분해가 되어버렸다. 다시 이어 붙이려 해도 붙질 않고, 헤드만 바꾸려고 해도 되질 않아 절단된 줄을 들고 쪼그려 앉아 씻고 살았다.
그 꼴을 본 아부지가 멍키 스패너 등 내가 알 수 없는 공구들을 가지고 와서 샤워기를 싹 교체해주셨다.
새로 바꾼 샤워기는 줄이 무려 삼 미터다. 화장실 어느 구석 안

닿는 곳이 없다. 잘 하지 않는 청소를 자주 할 수 있게 되었다. 게다가 헤드 옆에 붙은 버튼은 이리저리 누르면 물이 멈췄다 나왔다 한다. 머리에 비누칠을 하고 어기적어기적 더듬어 샤워기 레버를 찾아 물을 틀거나 끄거나 하지 않아도 된다.
오우, 어 홀 뉴 월드!

아부지는 저렇게 내가 할 수 없는 일들을 아무렇지도 않게 턱턱 해내신다.

주말에 부모님 댁에 가서 밥을 먹었다. 밥을 다 먹자마자 일어나 안방으로 들어가시는 아부지. 엄마랑 우리 자매들은 거실에 앉아 과일을 깎아 먹는데 밥을 다 먹자마자 일어나 안방으로 들어가시는 아부치는 예나 지금이나 변한 게 없다. 아부지 갖다드리라고 과일 접시를 따로 주시는 엄마도 예나 지금이나 변한 게 없다. 안방에 갖다드리고 나니, 조금 있다 과일을 다 드신 아부지가 과일 접시를 들고 안방에서 나오셨다. 빈 접시를 들고 주방으로 들어가시는 아부지한테 엄마가 말했다.

"거 솥에 든 거 끓으면 좀 꺼봐요." 그러자 아부지 대답.

"두 개가 가스레인지에 있구마는. 어떤 걸 끄란 소리고?"

"아, 한 개는 냄비고 한 개는 솥이고. 솥에 든 거 끓으면 끄라는데 그걸 몰라?"

"아. 그러니까 어떤 게 냄비고, 어떤 게 솥이냐고."

우리 자매 모두 다 같이. 허얼~

그 다음날 엄마는 일을 가고 집에 아무도 없었나 보다. 아부지한테서 전화가 왔다. 집에 와서 세탁기 좀 돌려달라고. 전화를 끊고 빵 터졌었다. 푸하하하하하! 얼마나 대차게 웃었던지 집 천장이 다 울리더라.

아부지는 마당 뚫린 것도 고치고, 울집 대문도 고치고, 수도 계량기 통도 바꿔주고, 언 보일러도 드라이어로 녹이고, 내가 못하는 모든 일들을 하시지만, 냄비랑 솥이랑 구분하는 법이라든지 세탁기 돌리는 것이라든지 못하는 일들이 있구나. 그런데 그게 왜 이리 웃긴 걸까.

아부지 집에 와서 세탁기를 돌린다.

"전원 버튼 누르고 세제 한 스푼 넣고, 동작 버튼 누르면 돼요" 라고 말했지만 귀담아 듣지 않을 아부지. 수도세 좀 밀리지 말고 제때 내라는 말을 안 듣는 내가 누굴 탓하랴.

전원을 켜고 세탁기를 돌린다. 띵동, 동작 버튼 소리와 함께 세탁기가 돌기 시작한다. 하루하루를 땀으로 살아온 아부지 옷이 돌아간다. 세탁기는 퉁명스러운 사람이 다정한 말을 하듯 돌아간다. 털털 털털털-

"니는 왜 날짜 마챠 따박따박 수도세를 못 내나. 왜 가산금을 부치가꼬 내냐꼬. 내사 마 천불이 나 몬 살따."

세탁기가 다 돌고 나면 탁탁 털어 빨랫줄에 널 때 그 기분.

바짝 마른 빨래가 햇빛을 가득 안고 환하게 웃는 듯한 기분이 털털털 소리에 벌써 가득하다.

털털 털털털 세탁기 돌아가는 소리

가위질 소리

아이 몸의 열이 사십 도까지 치솟고 열흘간 입원해도 열이 내리지 않던 때가 있었다. 무엇보다 억장이 무너지는 건 이 작은 아기를 집어삼킨 병명이 뭔지 알 수 없다는 것이었다.

병명을 알기 위해 피를 계속 뽑는다. 독감도 아니고 홍역도 아니고 쯔쯔가무시도 아니고, 말라리아도 아니라고, 며칠간 배양된 혈액은 매번 오답을 내놓는다.

병원에서 뇌수막염일 수 있으니 척수액을 뽑겠다고 했을 때, 세상에 나온 지 겨우 열 달 된 아기의 허리를 둥글게 구부리고 보호자는 나가 있으라고 했을 때, 나는 실신할 지경이었다.

복도에 구겨지듯 주저앉아 울고 있던 내게 한 간호사가 다가와서 어깨를 감싸 안으며 말했다.
"이 복도를 지나면 소아암 병동이 있어요. 있잖아요, 거기 엄마들은 울지도 못해요."
그러고는 복도 끝을 조용히 바라보았다.

저 멀리, 내 또래 여자들이 복도를 지나가는 게 보였다. 울지도 못하는 그녀들의 앙다문 입술을, 절대 무너지지 않으려 애쓰는 그녀들의 억장을 누가 감히 짐작할 수 있을까.

십 개월이던 아이는 중학생이 되었다. 퇴원 후 신생아 시기로 퇴행하는 모습을 보여 가슴 졸이게 하던 아이, 살게만 해달라고, 살려만 달라고, 그 외에는 바라지 않는다고 보이지 않는 신에게 심지어 세균들에게까지 빌게 만들던 아이가 중학생이 되었다. 방과후 활동으로 기타를 배우고, 음악 듣게 이어폰 하나 사달라고 하는 아이가 되었다. 머리 감기 싫어서 머리에 물만 바르고 튀어나갈 때도 있고, 심각한 표정으로 사람을 불러 세워 방귀를 뀌어버리기도 하는 능청이가 되었다.

십 개월 때 걷던 제 형과 달리 돌이 지나고도 한참을 걷지 않아 한 부모, 한 혈액형, 한 성별을 가진 아이도 다를 수 있음을, 각자 저마다의 속도로 자라난다는 아름다운 사실을 배우게 해준 고마운 아이.

엄마가 되어서까지도 각자의 꽃나무는 꽃을 피우는 시기가 다르다는 것을, 맺히는 열매가 다르다는 것을 알려준 아이. 혹은 그 귀한 존재가 꽃나무가 아니라 달래일 수도 냉이일 수도 지칭개일 수도 있다는 사실을 가르쳐준 아이. 엄마의 무지와 욕심을 깨뜨려준 고마운 아이.

그 아이가 자라고 있다. 아픈 일이 없었다는 듯 자라고 있다. 내가 말해주지 않으면 아무도 그렇게 아픈 적이 있는지 모를 정도로 잘 자라주고 있다.

여고 시절, 엎어져 자고 있으면 친구들이 내 머리카락을 몰래 뽑아가곤 했다. 머리카락 싸움을 할 때 그 누구도 내 머리털을 이기지 못했기 때문이다.

건강한 머리카락을 기증받는다는 소아암센터의 공고를 본 게 이 년 전이다. 이 년 전부터 결심했던 일을 이제야 실천에 옮긴다. 간절히 바라기 시작하자 머리카락은 더욱 더디게 자랐다.

삼 년 만에 찾은 미용실에서 머리를 자른다. 싹둑 싹둑. 두 개의 가위 날이 부지런히 움직여 머리카락들을 잘라낸다. 놓아야 한다는 걸 알고 있으면서 움켜쥐려 한 허영을 자른다. 끈질긴 미련을 잘라낸다. 불필요한 욕망을 잘라낸다. 내 일만, 내 생각만, 내 감정만 크게 여겨온 미안함을 자른다. 싹둑 싹둑.
예쁜 가발이 되기를 바란다.
그곳의 아이들도, 엄마들도 힘내시길.
세상 곳곳에서 그대들을 기억하고 응원하고 있음을 기억해주시길.
힘들고 긴 싸움이겠지만 혼자가 아니라는 것을 기억해주시길.

세상의 모든 통증을 대신 떠안고 있는 미안한 이들이여.

싹둑 싹둑 가위질 소리, 미안함을 잘라내는 소리
내 조금을 잘라 당신의 전부를 만드는 소리

암탉의 소리

아는 동생이 퍽치기를 당했다.
퇴근길이었고, 엘리베이터에서 내려 집이 있는 복도 쪽으로 막 코너를 돌았을 때였다.

퍽.

누군가 눈을 가격했고 그녀는 쓰러졌다. 상대는 그녀의 가방을 빼앗아서 달아났다.
다친 눈은 수술을 했다. 수술 후 눈은 회복됐지만, 그 이후 밤길은 절대 혼자 다니지 못하게 되었다.
그녀가 잃은 것은 가방이나 시력이 아닌 일상이었다. 용기였다. 퇴근 후 집으로 돌아갈 용기를 그녀는 잃었다.

남은 생애 내내 그 기억이 그녀를 퍽, 때릴 때마다 겁에 질려 달달 떨릴 그녀의 손과 발.
단 하룻밤에 일어난 일로 평생 동안 밤을 두려워하게 된 사람의 이야기. 이건 너무 잔인한 이야기다.
더불어 그 이야기를 전해 들은 나도 함께 어느 한 부분을 잃었다. 평화를 잃었다. 대신 의심과 불안을 얻었다. '조심해야겠다' '밤에 혼자 다니면 안 되겠다' 이런 다짐을 하게 되었다.
늘 다니던 골목 코너에 퍽치기범이 숨어 있을지 강간범이 숨어 있을지 누가 알겠는가.

그 이후, 나는 밤에 혼자 잘 다니질 않게 되었다. 밤에 나갈 일이 있으면 꼭 누군가와 동행한다. 동생들, 친구들, 부모님…. 그러나 재미있는 것은 여러 사람 중 가장 든든한 동행은 나보다 덩치 큰 남자가 아니라 나보다 작고 약한 아이들이었다.

놀랍게도, 자그마한 아이의 손이 내 손안에 쏙 들어올 때, 나보다 서른 살이나 어린 아이의 손을 한 손에 잡고 그보다 세 살 많은 녀석의 손을 또 다른 손에 잡고 길을 걸을 때, 나는 가장 든든했다. 이 아이들에 대한 사랑으로 내 속에서 따스한 용기가 몽글몽글 솟아올랐기 때문이다. 어떤 악당이 와도 올 테면 와봐, 하고 물리칠 것처럼 가슴이 용기의 기운으로 부풀어 올랐다.
용기와 뿌듯함으로 행복을 느꼈던 빵 사러 가던 길, 아이들이 내 손을 잡고 걷던 길. 색종이 사러 나가던 길, 차라리 밤의 피크닉이라 불러도 좋을 기억으로 남은 그 길을 걷던 때.

병아리를 종종종 거느린 암탉의 소리가 떠올랐다.
꼬꼬꾹 꼬꼬꾹.

꼬꼬꾹 씹어 먹거라. 꼬꼬꾹 잘 보고 다니거라.
모이 쪼는 새끼들 옆에서 자랑과 사랑으로 가슴이 한껏 부푼 암탉의 소리.
신뢰와 자애로 말을 건네는 암탉의 소리.
어리고 약한 생명들이 주는 힘이 얼마나 맑고 강한지,
그런 순간은 밤이건 낮이건 얼마나 환하고 따스한지.

노랑 병아리떼를 몰고 다니며 다정하게 건네는 약속의 소리. 불안을 이기는 소리. 지켜내야 하는 존재, 나보다 약한 존재가 오히려 내게 힘이 될 수 있다는 것을 알려주는 소리.

꼬꼬꼭 꼭 꼭 암탉의 소리

자몽에이드 얼음 녹는 소리

삼월이다. 볕이 좋다. 바람결이 곱다. 미세 먼지도 없다. 이런 날이 일 년 중 과연 며칠이나 될까. 춥지도 덥지도 않은, 이런 날, 좋은 날.

주말 아침, 이부자리와 한 세트가 되어 이불 밖은 위험하다는 진부한 주장을 하는 아이를 꼬여냈다.
"오늘 같은 날은 일 년 중에 며칠 안 돼. 오늘 엄마랑 같이 금오산에 가지 않는다면 그건 뒤로 자빠져서 코가 깨지는 일보다 불행한 일일 거야."
설득은 통하지 않았다.
"네가 사달란 거 사줄게. 제발 같이 가줘!"
애원은 통했다.
"정말요? 정말이죠?"
거듭 약속을 받아내는 아이와 집을 나섰다.

녀석은 우리집 막내다. 딸인 줄 알고 낳았다. 아이에게는 미안해서 말을 못했는데, 이 녀석만큼은 정말 딸일 줄로만 알았다.

유일하게 입덧을 했던 아이, 임신 중에는 무슨 임산부가 이렇게 예쁘냐며 예쁘단 칭찬을 하루에 마흔일곱 번씩 듣게 하던 아이가 바로 이 아이다. 아이가 배 속에 있을 때 환한 빛이 내 속에 들어차 있는 듯한 느낌을 종종 받았다. 그 때문인지 위에 두 사내아이가 있었음에도 고되지 않았고 임신 기간 내내 기쁨으로 충만했다.

아름다운 봄날, 아무도 따라나서지 않는데 봄빛 같은 아이가 내 친구가 되어줬다. 금오산에 도착하자마자 녀석이 날 잡아 이끈 곳은 전에 함께 피자를 먹은 카페. 녀석은 수제 버거와 사이다를 시키고 나는 자몽에이드를 시켰다.

카페를 나와 함께 금오지를 다 돌 때까지도 내가 들고 나온 자몽에이드의 얼음은 녹지 않고 있었다. 목이 탈 때마다 잘그락거리는 얼음을 하나씩 꺼내 사이좋게 물고 해비늘이 눈부신 금오지를 돌았다. 아이의 눈부신 웃음과 쏟아지는 봄빛을 마음에 찍으면서 말이다. 하나씩 나눠 물던 투명한 플라스틱 컵 속의 투명한 얼음들이 내는 소리는 어찌나 녀석의 환한 웃음을 닮았는지.

잘그락 잘그락.
혀끝에서 살금살금 녹아드는 달고 시원한 얼음의 소리는 얼마나 듣기가 좋던지.

겨울 끝에는 경칩이 있어서 또 얼마나 좋던지.

잘그락 잘그락 자몽에이드 얼음 녹는 소리

아이가 기침하는 소리

콜록! 콜록!

나를 잠 못 들게 하는 유일한 소리.

아가, 네가 기침하는 소리란다.

콜록 콜록 아이가 기침하는 소리

사랑이 지나가는 소리

_ 영화 <본 투 비 블루>를 보고

사랑이 지나가며 음악을 남긴다. C는 짐노페디와 빌 에반스, 데이브 브루벡, 그리고 제임스 블런트를 남겼다. M은 내게 브래드와 산타나, 뮤즈 그리고 구스타프 말러를 남겼다. K는 에밀 길렐스와 프린스를 남겼다. 나는 누군가에게 가을방학과 에디 히긴스, 피아졸라, 그리고 자니 매티스를 남겼다.

사랑이 지나가며 음악을 남긴다.
늘 그렇듯, 사랑은 없다. 가고 없다.

오늘 밤, 쳇 베이커의 삶과 음악을 다룬 영화 〈본 투 비 블루Born to be Blue〉를 보고 왔다. 번역하지 않고 곡 제목 그대로 가져온 게 좋았다. '우울하려고 태어난 사람.' 이러면 얼마나 웃긴가.

음악 영화도 아닌 자비에 돌란의 〈아이 킬드 마이 마더I killed My Mother〉를 보고 나서조차 삽입곡을 끝까지 듣고서야 자리에서 일어났던 나로서는 이 영화 삽입곡들의 의미가 클 수밖에 없다. 이 영화는 이선 호크가 '난 절대 사랑에 빠진 적이 없죠' 하고 이야기하듯 노래하는 장면으로 완성되었다고 생각한다.
그 장면은 이렇다. 영화 말미에, 헤로인에 취한 몽롱한 눈빛으로 그는 자신의 얼굴을 쓰다듬으며 노래한다. "I've never been in love, before"라고. 그의 모습을 지켜보던 제인은 다시 그가 약물에 손을 댔음을 직감한다. 그녀는 그가 청혼하며 내민 트럼펫의 밸브링이 걸린 목걸이를 빼놓고 뒤돌아 나간다.

내게 이 영화의 다른 장면과 스토리들은 오직 이 장면 하나를 보여주기 위해 필요했던 것처럼 보였다. 출연하기로 했던 영화의 촬영은 무산되고 앞니가 다 부러져 트럼펫을 불 수 없게 된 쳇, 그는 생과 사의 경계에 선 듯 위태로워 보였다. 그는 인생의 바닥에서 제인을 만났다. 제인의 부모가 반대하는데도 이 둘은 사랑에 빠지고, 제인은 그가 재기하도록 돕는다.

그러나 "나는 결코 사랑에 빠진 적이 없다"고 정면을 보며 노래하는 그 마지막 연주 장면은, 넝마처럼 버려진 그를 헌신적으로 돌본 제인과 그의 재기 과정이 모두 약물 중독과 이별로 다시 되돌아가기 위한 과정일 뿐이었음을 보여준다.

나는 자신에게 빠져, 혹은 어떤 종류의 중독에 빠져 남을 사랑하지 못하는 사람들을 안다. 자신에게 빠져 남을 사랑하지 못하면서 사랑한다는 말로 상처 주는 이들을 잘 안다. 자신의 부모에게서 충족되지 못한 사랑 때문에 그들은 자존감에 커다란 구멍이 나 있다. 무언가를 달성해서 보여주어야 할 것만 같고, 항상 무언가에 정신없이 매달려 있어야 공백감을 느끼지 않는 그들…. 그들은 생애 내내 뼈가 시리다. 따스한 피가 부족하다. 누구보다 인정받고 싶지만 자존심 때문에 인정받고 싶다고, 나를 인정해달라고 말하지 않는다. 거절당하거나 자존심이 상하는 일들을 자라면서 너무 많이 겪었기 때문이다. 그 누구도 아닌 부모로 인해서 말이다.

성인이 되면 시리고 아픈 부모에게서 내린 뿌리를 걷어와야 하나, 그건 그들에게 결코 쉬운 일이 아니다. 자신을 인정해주는 사람보다 인정해주지 않은 사람에게서 그 뿌리를 가져오는 것

이 훨씬 힘들다. 그 사람들이 부모이기에 그것은 더욱 힘들다. 그들은 그들이 갈 수 있는 따스한 언덕으로 뿌리를 옮겨 내리지 않는다. 계속 시려하면서도 뿌리를 거둬오지 않는다. 행복에 익숙하지 않기 때문이다. 결국 한 번도 다른 이를 사랑하지 못했으면서 사랑했다고, 그러나 상처받았다고 자기 자신을 속이는 일들. 그건 어쩌면 다른 사람의 이야기가 아니라, 내 이야기일지도 모른다.

쳇의 아버지는 영화 내내 아들을 비웃는다. 아들을 힐난한다. 어쩌면 자신을 닮은 아들이 약물 중독이 되었기에 마음이 아파서 그랬을 수도 있겠지만, 자신의 기대치에 못 미쳐 속상해서 그럴 수도 있겠지만, 그럴수록 이해하고 배려하려고 노력했어야 한다. 진심으로 사과하며 안아줬어야 한다.

물론 쉽지 않다. 용기가 필요하다. 자신이 못난 부모임을 인정하기란 쉬운 일이 아니다. 아픈 일이다. 그러나 부모이기 때문에 꼭 했어야 하는 일이다.

숨을 불어넣어 막힌 취구를 뚫듯이 안간힘으로 불어서 내는 악기의 소리는 차분하면서도 쓸쓸하다. 쓸쓸하면서도 다정하다. 막힌 숨을 밀어내 올리는 용기는 아이의 삶뿐만이 아니라 자신의 삶도 바꾼다. 그 아이는 자라서 어른이 될 테니 말이다.

심야 상영으로 혼자 이 영화를 보고 집으로 걸어오다, 갑자기 무릎이 꺾여 길 한가운데에서 쪼그리고 앉아 한참 울었다. 당신과 내가 어린 시절 받은 상처가 떠올라서였다. 그 상처를 서로에게 휘두른 것이 가여워서였다.

"어떤 아이들은 부모가 속한 집단에 절망스러울 정도로 적응하지 못한다. 그 아이들은 부모의 집단에서 완전히 빠져나오는 데 인생의 성공 절반이 달려 있다."
버나드 쇼가 한 말이다. 이 길다면 길고 짧다면 짧은 문장이 악기 소리와 함께 귓가에 맴돈다.

어떻게든 벗어나고자 밀어내고자 하는 소리.

그 가여운 소리를 좀 안아주면 안 되겠는가.
우리 그러면 안 되겠는가.

생은 한 번뿐인데, 용기 내면 안 되겠는가.

뿜뿜 첫 베이커의 소리. 당신과 나의 소리

병아리 울음소리

병아리는 미약 미약 운다.
미약하기 그지없는 것이 미약 미약 운다.
보드랍고 둥근 몸을 가느다란 두 다리로 버티고 서서
누군가를 부르듯 운다.
달맞이꽃이 보름달을 부르듯 운다.
다리는 꽃대처럼 땅에서 뻗어나와 있다.
발톱은 뿌리처럼 흙을 움켜쥐고 있다.
봉선화 꽃대만큼 저 다리 굵어지면
장닭이 되어 있을 결코 미약하지 않은 저 병아리.
병아리는 미약 미약 운다.
그 소리는 깊고 뾰족하게 어미에게 파고든다.
그 소리는 내게 파고든다.
꽃물 손톱 끝에 스미듯 고요히 파고든다.

미약미약 병아리 울음소리

바람의 웃음소리

3부

책장 넘어가는 소리

보라 보라 연보라
진보라 진진보라 연보라

등나무꽃 흐드러지고
그 아래 앉은 너는 나를 본다
네 맞은편에 앉은 나는 책을 본다

나는 책을 보고 있어도 다 알지
네가 나를 바라보고 있다는 걸 다 알지

네 눈빛 안에 수천 마리의
나비들이 팔랑거리고 있다는 것을

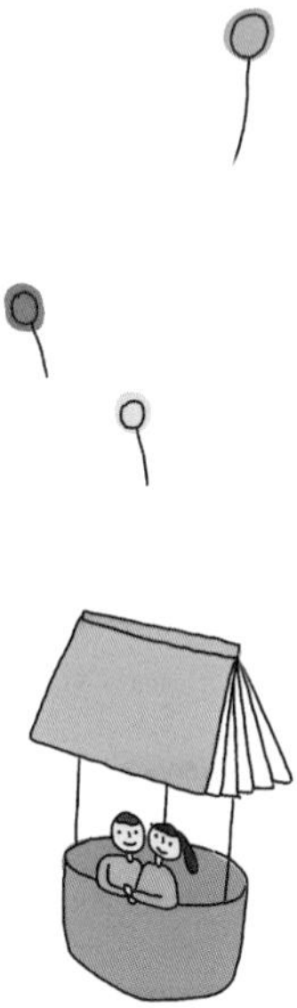

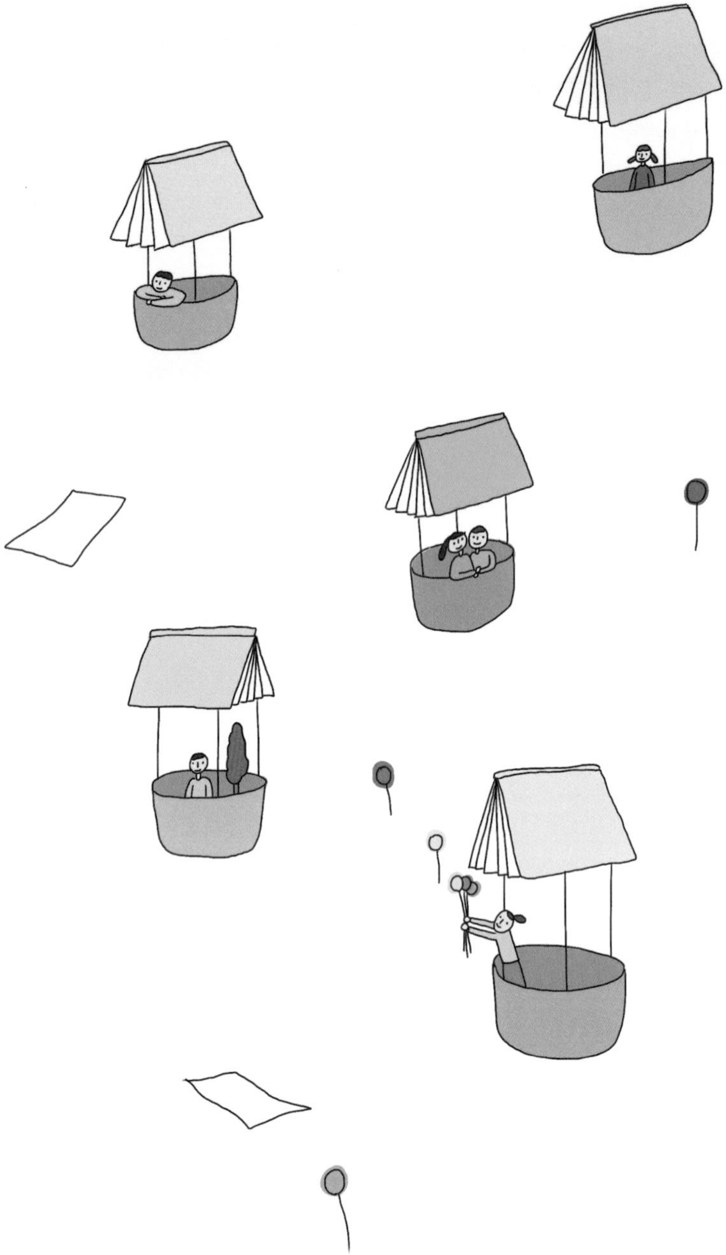

천천히 책장이 넘어가며
팔랑 팔랑 간지럼을 태운다는 것을

나는 알지
오로지 너에 대해서만은 잘 알지

팔랑 책장 넘어가는 소리

설거지하는 소리

퇴근 후 집에 들어서면, 입구부터 시작해서 거실 안쪽까지 패딩 점퍼, 양말짝들, 신발주머니, 가방, 리코더, 크레용, 낙서를 하다 만 A4 용지들이 주욱 늘어서 있다. 도열한 병사들을 뒤로한 채, 외투를 벗는다.

세정제로 얼른 손을 씻은 다음 칼과 도마를 꺼낸다.
부추를 다지고 당근을 다져서 계란물에 섞는다.
치이익, 계란말이를 만들면서 낮 동안 아이들이 쓴 컵을 씻는다.
달그락 달그락. 조랑말이 달리듯 씻는다.
계란을 말아 뒤집어두곤, 밥을 퍼 담는다. 하나 두울 셋, 넷.
밥그릇 그리고 수저를 꺼낸다. 냉장고를 열어 김치와 콩나물을 꺼낸다. 탱글한 계란말이가 구워지면 길쭉한 접시에 담고 케첩을 지그재그로 뿌린다.

아이들은 엄마의 퇴근을 기다리느라 너무나 배가 고팠다. "한 그릇 더요!"를 외치며 국물도 없는 밥을 씹어 삼킨다. 각자 두 그릇씩 먹고 지난 자리는 앞뒤 좌우가 없다.

그릇들을 개수대에 넣고 물을 쏴아~ 튼다. 달그락 달그락 말달리듯 설거지를 한다.

네 다리가 튼튼한 조랑말이 되어 달린다.
다시 달려야 한다. 내일도 모레도.

달그락 달그락 설거지하는 소리

개구리 소리

과로하고 있음을 알리는 몸의 징후들 때문에 아는 분께 간 영양제를 하나 부탁해서 받았다. 간 영양제를 받는 자리에서 그분이 준비해온 실험물들을 가방에서 주섬주섬 꺼낸다. 보여줄 게 있다며 작은 통에 라면 한 조각과 물을 붓더니 손에 들고 흔든다.
물이 금세 부예졌다.
"이건 비타민 부순 가루예요."
이렇게 말하더니 작은 비닐팩에 담아온 가루를 그 통에 넣고 다시 흔들었다. 물이 거짓말처럼 맑아졌다.

"저 이미 비타민은 먹고 있어요."
내 말에 그분은 비타민을 팔려고 보여주는 게 아니라 자부심으로 보여주는 거란다.

집에 돌아와 아들들을 각 방에서 끌어냈다.
"자, 너희들 지금부터 잘 봐봐."
그러고는 라면 조각을 넣은 물에 비타민을 부셔서 넣고 흔들었다. 헛. 아무 변화가 없다.

아들들의 반응은 지혜로웠다.

"에효, 우리 혜선 씨. 또 어디서 이상한 거 보고 오셨네. 에효, 걍 알아서 먹을게요 비타민은."

그러게 말이다. 사실 정말 물이 맑아진들 그게 또 어쨌단 건가. 그분이 권했던 영양제는 먹어보니 감기에도 안 걸리고 좋아서 한 번씩 사 먹고 있지만, 세제는 환경을 덜 파괴하는 성분이라 사 쓰고 있지만, 물건을 주문할 때마다 어딘가에 가입을 하고 사업을 하라고 종용을 받는다. 계속 이러면 물건값이 더 싼 온라인 쇼핑몰에서 주문하는 수밖에 없다. 이게 어찌 된 일인지 나는 나보다 부자인 그들에게 왠지 마음이 쓰여 자꾸 사주게 되는데, 그걸 모른다. 그 사람들이.

비슷한 일을 몇 번 당하고 나니, 이제는 아주 오랜만에 연락 오는 사람은 조금 두려울 지경이다. 보험 가입하라고 부탁하는 시대는 끝났고 다들 다른 무언가를 한다. 사업을 해서 주기적으로 돈이 들어오는 구조를 만들어야 한다는 거다.

그런데 그들은 투명하지 않다. 본심을 숨긴다. 그들은 "당신이 내 밑에 들어와야 내가 돈을 벌고 내가 원하는 위치에 이를 수 있다"고 말하지 않는다. 그들은 "원장님 책 좋아하시죠?" "선생님 다큐멘터리 좋아하시죠?" 하고 말을 걸어온다. 그러면서 그들이 건네는 책은 부의 비밀이 가득 담긴 책이고, 보내주는 동영상은 엄청난 의학 자료 같지만 알고 보면 자사 홍보 동영상이다. 본심을 숨기고 자신의 이익을 위해 다른 환심의 말로 접근하는 건 다 불쾌하다. 그건 거짓말이니까. 나를 사람으로 보지 않고 돈으로 봤기 때문에 거짓말을 한 것이니까.

그들의 행동은 징그러운 개구리 소리를 떠올리게 한다.
개구리는 꽈르륵 꽈르륵 소리를 낸다.
운다고도, 노래한다고도 할 수 없는 소리를 낸다.
'운다'라는 동사에는 슬픔이라는 감정이 실린다.
'노래한다'에는 기쁨이라는 감정이 실린다.
그러나 '소리가 난다' '소리를 낸다'라는 문장에는 감정이 실리지 않는다. 그것은 기계적 움직임으로 발생하는 일들 중 하나일 뿐이다.

꽈르륵 꽈르륵 소리를 내는 개구리의 몸은 욕망한다. 교미를 욕망한다. 번식을 욕망한다. 거기에는 다른 이들에게 솔직하지 못했다는 반성이 없다. 그저 배를 부풀렸다 꺼트리는 본능의 동작에서 나오는 소리일 뿐이다.

푸근하고 정 많던 마음을 돈만 아는 계산으로 바꾸는 소리.
“꽈르륵!”

개구리는 개굴 개굴 울지 않는다.
그저 꽈르륵 꽈르륵 바람 빠지는 소릴 낸다.

꽈르륵 꽈르륵 개구리 소리

너무 너무 할 때 절로 나오는 소리

탄수화물 과다 및 애정 결핍으로 생긴 탈모인가 보다. 머리카락이 너무 많이 빠진다.

옆구리에 벌레가 기어다니는 듯 가려워 히트텍과 살 사이에 손을 집어넣었더니, 길고 긴 머리카락 두 가닥이 딸려나왔다.

"와! 인간이 아니었네! 어떻게 저런 털이 옆구리에서 자라냐?" 앞에서 보고 있던 동생이 한마디 던진다.

허!
너무 기가 막혀 그 말밖에는.

허 너무 너무 할 때 절로 나오는 소리

돼지의 소리

돼지는 토하는 소리를 낸다.
토를 하는 소리로 밥을 달라고 소리지른다.

꾸우엑 꾸우엑!
더이상 들어갈 데가 없어 뱉어내야 할 지경이 되었는데도 더 먹겠다는 거다.

티브이를 팔다 냉장고를 팔면 배부를 줄 알았는데, 이제 컴퓨터도 팔았으면 좋겠고, 컴퓨터 팔고 나니 스마트폰도 팔고 싶고, 스마트폰을 팔고 나니 이제 차와 집도 팔고 싶고, 의료 서비스도 팔고 싶어진다. 결제 서비스도 팔고 싶어진다.
하늘과 땅도, 바람도 팔고 싶어진다.
계속 허기가 진다.
더 먹으면 더 먹을수록 배부를 줄 알았는데, 많이 가질수록 건강할 줄 알았는데, 이상하게도 더 배고파진다. 더 병이 든다.

가족들과 사랑하는 사람들을 위해 좋은 걸 해주고 싶던 마음이 영역과 힘을 넓혀 타자에게 과시하고 유지하는 데로 쏠린다.
타자의 존경과 선망을 사고 싶고, 타자를 자기 뜻대로 휘두르고 싶은 욕망이 커진다.

자신에게서 뭔가를 받은 사람이 고마워하고, 황송해하며 고개를 숙이는 모습을 봐야 존재를 인정받았다고 생각하게 된다. 내가 이렇게 가진 게 많은데도 왜 저들은 나를 경외하지 않나 알 수 없게 된다.
먹고 먹고 먹다 보니 무엇 때문에 불안정해졌는지 알 수 없게 된다. 빼앗고 빼앗아야 내일의 불안이 사라질 것만 같다. 이제 무엇이 먼저였는지 알 수 없다. 뒤섞인다. 그 뒤섞임이 비단 돼지만의 것인가.

내 뱃속은 어떤가.
어떤 탐욕이 아름다운 소망인 체, 건강한 에너지인 체하고 있는가. 가면을 쓰고 있는가. 분리되지 못한 채 뒤섞여 있는가. 수치를 외면하고 있는가.

과식으로 쓰라린 속을 만진다.
그러자 저 깊은 곳에서 들려오는 소리. 꾸르르 꾸르르.

내가 무엇 때문에 공부를 하려고 하는지, 무엇 때문에 돈을 벌려고 하는지, 남에게 해를 끼치지 않고 산다는 것이 얼마나 아름다운 일인지, 남을 불안하지 않게 한다는 것이 얼마나 고귀한 일인지, 무례하지 않은 태도가 얼마나 중요한 일인지….

외면하지 말자. 그만 섞자. 안 그러면 돼지된다.
꾸우엑!

돼지의 소리, 꿀꿀꿀이 아니에요.

꾸우엑 돼지의 소리

마음이 멍드는 소리

퍽. 엎어졌다.

길을 걸어가는데 입간판에 달린 전깃줄이 다리를 걸었다. 비 오는 날이었다. 시야는 어두웠고, 손에는 우산과 장을 본 봉지가 들려 있었다. 앞으로 고꾸라졌다. 우산은 부러졌고 물건은 쏟아졌다. 청바지를 입고 있었는데, 질척한 바닥에 갈리며 옷이 찢어졌고 무릎이 까졌다.

“아 진짜!!!” 짜증을 내며 일어서 살펴보니, 동네 노래방 입간판이었다. 노래방이 있는 이 층에도 간판이 달려 있었지만, 행인들이 많이 다니는 거리에도 입간판을 세우고 전깃불이 들어오게 만들어놓은 것이었다. 그 전깃줄은 철삿줄처럼 꼿꼿하고 동아줄처럼 굵어서 바닥에 붙어 있질 않고 바닥 위에 똬리를 틀고 서 있곤 했다. 저번에도 언젠가 한 꼬마가 걸려 넘어지는 걸 본 기억이 났다.

순간 화가 나서 냅다 이 층으로 올라갔다. 문을 열고 들어가, 사장님이 내놓은 입간판에 걸려 넘어졌다고 하자 노래방 카운터에 앉아 있던 사장이라는 자는 나를 힐긋 쳐다보더니 티브이 모니터를 계속 바라보며 "미안합니다아" 한마디를 할 뿐이었다. 어찌나 무성의하고 무례한지. 지금 날 놀리나 싶었다. 순간 내가 저 사장이란 자보다 키가 크고 덩치 큰 성인 남자였다면 그는 벌떡 일어나서 사과했으리라는 생각이 들었다.

"아저씨, 그 입간판 때문에 저만 넘어지고 다친 게 아니라구요. 저번에도 어떤 애가 걸려 넘어지는 걸 봤다구요." 내가 항의하자 그 사람은 "아! 그래서 뭐 어쩌라구요?" 하고 외려 따져 묻는다. 하. 기가 막혀. "아저씨 동네 장사 하시면서 그러시는 거 아니죠" 했더니 순간 뜨끔 하는 표정이다. "아저씨, 그리고 그 입간판 불법인 거 모르세요?" 덧붙이니 다시 뜨끔하는 표정.

"아저씨, 뭐 어쩌라는 거냐면요. 당장 약 사오세요." 그런데 이 아저씨, 여전히 주머니에 손을 찌르고 앉아 하 요것 봐라 하는 표정으로 날 쳐다본다. "아저씨, 내 옷 찢어진 것까지 사오실래요? 병원비 다 내실래요?" 했더니 "알았소. 여기 딱 기다리소. 딴 데 가지 말고" 하고 밖으로 나간다.
참나, 내가 가면 어딜 가겠나. 그런데 여자로 사는 세상이 하도 흉흉하니, 뭐 설마 흉기를 들고 나타나는 건 아니겠지? 하는 걱정도 되는 순간, 아저씨가 약 봉다리를 들고 나타났다. 약이랑 밴드를 받아들고 나와 건물 입구에 널브러져 있는 부러진 우산을 보니 화가 치밀어서 우산을 내다 버리고 "아 짜증나!!!" 하고 길바닥에 냅다 소릴 질렀다. 그 이후 그 입간판은 위치를 바꿔서 오가는 사람들의 동선을 전혀 방해하지 않고 있다. 오히려 더 잘 보이는 위치이기도 해서 올라가 따지길 잘했다는 생각이 든다.

지금에 와서 생각하니 바지값, 우산값 그리고 내내 병원 다니며 들어갈 물리 치료비까지 모두 딱딱 못 받아낸 게 참 한스럽다. 그 노래방이 너무나 허름하고 영세해 보여서 온몸이 비에 젖고 무릎은 까진 상태에서도 연민을 품어버린 탓이다.

그러게…. 다들 밥을 벌어먹고 산다는 게 힘겨운 사람들인데 말이지…. 건물주에게 월세 주느라 허덕대고, 자식새끼들 벌린 입에 모이 물어다 주느라 쉴 틈 없는 사람들인데 말이지…. 서로 연민하고 배려해야 할 사람들인데 말이지….

여자라고, 아이라고, 늙었다고, 가난하다고, 못 배웠다고 함부로 굴면 어떡하나….

비단 그 일뿐만 아니라 종종 겪었던, 내가 여자라는 이유로 무시당했던 일들. 힘이 약해서 무시당했던 일들. 부와 권력을 가진 사람이었다면 겪지 않았어도 될 불이익들과 불안들. 불이익을 당하고도 오히려 스스로 불안해하던 날들을 떠올린다. 잘못한 사람들이 처벌을 받고 두려움을 느끼는 게 아니라, 피해자들이 오히려 불이익을 받고 불안에 떠는 일들을 떠올린다.

넘어져 무릎이 까지고 무릎이 멍들 수는 있지만, 사과와 치료가 제대로 이뤄졌으면 한다. 마음까지 다치는 일은 없었으면 한다.

그 상처가 다 낫기까지, 다 낫고 나서도 두고두고 퍽! 마음에 멍이 들고 드는 일들, 그 멍이 쉽사리 사라지지 않는 일들은 이제 사라졌으면 한다.

"혜선아, 너 그날 천만다행이야. 아저씨가 약을 사줬으니 망정이지. 다음엔 그런 일 있어도 그냥 네가 약 사서 발라. 그게 현명한 거야. 너는 여자가 겁도 없냐."
이런 소릴 안 듣고 사는 세상이 오면 좋겠다.

그러면 정말 좋겠다.

문 여는 소리

디지털 도어록이 발명되기 이전의 어린 시절에는 그랬다.
열쇠를 잊고 나간 날은 두 시간이고 세 시간이고 대문 앞에 죽치고 앉아 동생이 돌아오기를 기다려야 했다.
디지털 도어록이 발명되기 이전에는 열쇠 소년들이 차가운 금속을 목에 매달고 다녀야 했다. 하얀 발목 바쁘게 놀려 돌아오실 엄마를 목을 빼고 기다리곤 했다.
디지털 도어록이 발명되기 이전에는 누가 초인종을 누르거나, 엄마! 하고 문 앞에서 소리치면 손에 물을 묻히고 있다가도 뛰어나가야 했다.

디지털 도어록이 발명되자 초인종을 누를 필요도 없이 삑뽁삑뽁 삑 뾰로롱. 비밀번호를 아는 이라면 누구나, 언제든 뾰로롱 열고 들어온다.

디지털 도어록이 발명되자 열쇠를 챙기지 않아도, 집안에 사람이 있어도, 없어도, 상관이 없게 되었다. 편해졌다. 말할 것도 없이. 두말할 것도 없이.

이제 아이들은 더이상 바쁜 엄마를 기다리지 않고 언니들도 열쇠 들고 나타나줄 동생을 기다리지 않고 번호를 누르고 들어온다.

대문 열쇠가 바뀌더니 전화도 바뀌었다. 아무도 먼저 티브이 채널을 차지하려 애쓰지 않는다.

각자의 방에서 삑뽁삑뽁 스마트폰을 누르고, 뾰로롱 카톡을 하고, 페북을 하고, 게임을 한다. 각자의 방에서 같은 각도로 고개를 숙이고 스마트폰을 들여다본다.

삑뽁삑뽁 뾰로롱.

말수를 잃어버린 대신 얻은 편리함. 아옹다옹을 잃어버린 대신 얻은 고요함.

편리함과 고요함….
사람들이 좋은 것이라고 말하던 것들을 의심하게 된다. 정말 좋은 것일까?

완전히 좋은 것은 완전히 좋지 않더라구요.
그것 참 신기하죠. 마술같죠.

뾰로롱 디지털 도어록 여는 소리

당근 자르는 소리

다치고 나면 통증으로 무탈했을 때의 고마움을 알게 된다.
다치고 나면 불편함으로 그 존재의 소용을 다시 알게 된다. 겸허해진다. 꿀 병을 집어올릴 때, 쓰레기를 버릴 때, 스마트폰 자판을 누를 때, 먹을 때, 입을 때, 씻을 때, 밴드가 친친 감긴 손가락은 말한다. "아픈 내가 여기 있어."

쏟아지는 졸음 속에서 저녁을 준비하다 아차! 하는 순간, 피가 뚝뚝 흐르는 손가락을 보는 일, 손가락을 누르고 있던 휴지를 떼자 다시금 빨갛게 차오르는 피를 내 것이 아닌 양 바라보는 일, 이 일은 어쩌면 내게 꼭 필요한 일이었을지도 모른다.

내게 지워진 무게가 너무 무거워 한순간 툭 터져버릴 기제가 필요했다면, 누구에게라도 함부로 할 대상이 필요했다면, 환기가 필요했다면, 다른 그 누구도 아닌 내게 칼끝이 향하는 게 옳았다. 통증을 주어 소중함을 깨달아야 했다면, 당신이 아닌 내가 그 통증을 갖는 것이 옳았다.

다친 손가락을 치료한 후 다시 당근을 썬다. 하던 일을 계속한다. 일을 수행遂行하는 것이 곧 수행修行임을 알겠다. 내게 주어진 일을 하는 것, 내 책임을 완수하는 것이 곧 수행임을 알겠다.

당근은 아무도 보살펴주지 않는 땅속에서 어쩜 이리 단단하게 자랐나. 당근은 아무도 칠해주지 않아도 어쩜 이리 빛이 고운가. 예쁜 당근을 보니 생각나는 내 아픈 사람, 당신.

항상 지나고 나서야 알게 된다. 지금 몰랐던 것을 나중에 또 알게 되는 순간이 오겠지. 그러기 위해서는 남은 길을 뚜벅뚜벅 걸어갈밖에.

뚜벅 뚜벅. 당근 자르는 소리는 아프고 난 사람의 밝고 가벼운 발걸음을 닮았다.

뚜벅 뚜벅 당근 자르는 소리

라면 물 끓는 소리

내일 지구가 멸망한다면 나는 일단 라면부터 끓이고 볼 것이다.

다이어트고 뭐고.

위염이고 뭐고 간에.

살쪄라 살, 찌면 어떠냐 살.

살살 살, 사르 살살

밤 열두 시에 라면 끓이는 소리,
오늘만 사는 소리

버스가 급정거하는 소리

고속버스 운전기사가 고속도로에서 급정거를 했다. 생수병을 치우려던 나는 목을 다쳤다. 목뼈가 어긋나서 삼 주간, 주 삼 회씩 물리치료를 받으러 다녀야 하고 목 보호대를 착용하고 다녀야 한다. 찜통더위에 터질 듯 뜨거운 차를 몰고 병원을 다녀야 한다. 그냥 있어도 땀이 줄줄 흐르는 목덜미에 목 보호대를 차고 지내야 한다. 지친다.

여러 학원이 연합해서 물놀이를 가는 길이었다. 지사에서 계약한 관광버스가 여러 대 왔다. 내가 탄 차의 기사님은 고속도로에 진입하기 전부터 너무 자주 브레이크를 밟았다.

차는 장염 걸린 대장처럼 꿀렁거렸고, 나는 멀미가 났다. 고속도로에 들어가면 덜하겠지, 길이 반듯해지면 자야겠다고 생각했는데 그건 정말 오산이었다. 기사님이 고속도로에서 급브레이크를 밟은 것이다.

고속으로 달리던 중 앞차와 부딪히는 사고를 피하려는 조치였지만, 승객들의 몸이 휘청거렸다. 다른 승객들은 괜찮았으나 하필 그 순간 생수병을 치우려던 나는 앞좌석에 붙은 손잡이에 목을 받히고 말았다. 목을 휘감는 채찍 모양의 흉한 멍이 들었다.

앞차와 적당한 간격조차 유지하지 않고 고속도로에서 브레이크를 밟는 기사에게 화가 났다. 처음부터 어쩐지 이상했어. 운전을 어떻게 그렇게 하나. 돌아가는 길에는 이 차에 절대 타지 않을 거야. 온갖 생각들과 화가 올라왔다.

목을 어루만지며 그분의 뒤통수를 노려보는데, 세상에…. 그분은 머리가 다 세어 있었다. 처음엔 관심이 없어 몰랐지만 연로해 보였다. 안쓰러웠다.

나보다도 못한 운전 솜씨로 보아 아마도 운전이 그분의 본업은 아니었을 것이다. 그날, 그분은 누군가의 빈자리를 임시로 채운 게 아닐까 하는 생각이 들었다. 하필이면 그날, 그 버스 안의 모든 사람 중에서 내가 가장 운이 없었던 것이다.

사람 일, 사람 목숨 참 알 수 없다. 별의별 일이 다 생긴다. 태어난 순서나 건강을 지키기 위한 노력, 병의 경중에 따라 죽는 순서가 정해져 있지 않다. 심지어 같은 사고에서도 어떤 사람은 죽고 어떤 사람은 산다.

오늘 일뿐만이 아니라 살아오며 여러 번 죽을 수도 있었다고 생각하니, 오늘이, 지금 이 순간이 조금 더 귀하게 느껴진다.

당신 또한 여러 번 죽을 고비를 넘겨 나를 만났다는 것 잘 안다. 생각하니, 더불어 당신이 더욱 귀하고 고맙게 느껴진다.

죽고 나면 보고 들을 수 없는 게 바흐의 피아노 선율이라 안타깝겠는가. 죽고 나면 만질 수 없는 게 보석이거나 명품 드레스라 안타깝겠는가. 죽고 나면 가보고 싶었으나 갈 수 없었던 어느 여행지 때문에 안타깝겠는가. 내가 지금 당장 죽는다고 생각하면 보고 듣고 만질 수 없는 게 사람이라 안타까운 것이다. 그 사람이 바로 당신이라 안타까운 것이다.

목숨이라는 것이, 생명이라는 것이, 다만 알 수 없고 유한하기에 더욱 귀하게 느껴지는 이 고마운 이치 앞에서, 나는 내게 가장 소중한 존재인 당신의 건강과 평화를 기원한다.

사고와 함께 사고처럼 떠오른 당신 생각.

보고 싶은 당신, 수많은 나쁜 우연들이 당신을 비껴가기를.
그리운 당신, 수많은 좋은 우연들이 당신을 찾아가기를.
따스한 당신, 소중한 당신이 꾸는 꿈들이 이루어지기를.

삐이이익 버스가 급정거하는 소리, 긴급하게 당신을 불러오는 소리

변기 물 내려가는 소리

학원의 남자 소변기가 막혔다. 막힌 줄 모르는 남자애들이 오줌 누고 물을 내리는 바람에 오줌 섞인 물이 흘러넘쳤다. 첫날 퇴근 무렵, 오렌지주스 수위가 좀 낮아졌기에 다음날 출근하면 내려가 있겠지 했다. 웬걸.

웬걸, 웬걸, 이게 웬걸.

다음날은 또 다음날의 오줌을 애들이 눴겠고 다시 물을 내렸을 것이기에 수위는 전날보다 높아져 있었다. 소변 누지 말라고 적어둔 거 못 봤냐고 했더니, 그럼 어떡하냐고 바지에 싸냐고들 난리난리.

그러면 여자 화장실로 들어가서 앉아서들 누라니까, "아 진짜, 넘 미칠 것 같고 좋아 죽겠네요" 하고 녀석들은 괴로워들 하다가 "아 진짜, 샘은 너무해요! 아 진짜, 롱패딩 좀 벗고욧!" 하고 여자 화장실로 들어가고, 여자애들은 구역 침범이라며 비명을 지르고, 나는 오늘 기말 대비 하느라 혼이 빠지는데 일거리 하나 더 생겨서 머리털이 다 빠지겠고 뭐 그랬다는 이야기다.
결국은 웹 검색을 해서 도랑동에서 제일 가까운 업체를 불렀다.
아저씨들은 유령이라도 때려잡을 듯한 길고 뾰족한 꼬챙이와 도랑동 전체를 빨아들일 것 같은 석션기를 들고 나타나셨다.
노후한 변기에는 요석이 꽉 차 있었다고.

십만 원.
결국 십만 원에 뚫었다. 조금 깎아주실 수 없냐니까, 일 자체가 더럽고 냄새나고, 특수 장비가 있어야만 가능하다며 깎아줄 수 없다고 하시는데 깎아달라고 한 내가 미안해지고 말았다.

엊그제가 바로 건물주에게 월세를 입금한 날이었고, 허리가 휘청이네 싶은 마당에 또 배관 사고라니. 어휴. 진짜 살기 힘들다 싶어 친구에게 하소연을 했다. 친구가 건물주에게 말하라고 했다. 왜 그런 걸 너는 끙끙 앓냐고. 일단 말이라도 해봐야지. 그게 네 변기냐? 건물주 변기지, 라고 해서 용기를 내어 전화를 했다.

와! 의외로 선선히, "아유 며칠간 힘드셨겠어요. 다음달 월세에서 빼고 주세요. 그래도 괜찮을까요?" 하신다.

말도 안 꺼내보고 끙끙 앓던 바보. 요석이 뭔지 이번에야 알게 된 바보. 미리미리 요석 제거제 부어 청소할 줄 몰랐던 바보. 여러 가지 중요한 일들을 혼자 머릿속에서 너무 많이 생각해 스노우 볼로 잘 만드는 바보. 바보바보야. 조금만 더 지혜로워져보자. 용감해져보자. 부지런하게 몸을 움직여보자.

콰르르르. 저 소리가 저토록 속 시원한 소리였다니. 저 소리가 저토록 속이 편안한 소리였다니.

콰르르르. 속이 뻥! 뚫린다!

콰르르르 변기 물 내려가는 소리

내빼는 소리

대학 다닐 때다. 일 층에는 원룸형 자취방이 네 개 있고, 이 층은 주인세대가 사는 집이었다. 귀가해 문을 열려고 하는데 열쇠가 잘 듣지 않았다. 덜그럭거리기를 여러 번. 그때 뒤에서 누군가 말을 걸었다. 화들짝 놀라 돌아보니 담장에 남자 셋이 턱을 괴고선 내 하는 양을 구경 중이었다.
"그거 우리가 열어줄까요? 금방 열 수 있는데."
능글능글 웃으며 물어왔다. 곧 담을 훌쩍 뛰어넘을 기세였다.

그해 여름이었다. 그 시절은 한창 비디오, 책 대여점이 흥성하던 때였다. 고향집에 가지 않은 여름방학. 이때다 하고 만화책을 이십여 권 빌려와 쌓아두고 읽기 시작했다.

새벽 세 시 무렵. 바깥에서 손 하나가 스윽 올라왔다. 사람은 보이지 않고 손 하나가 방충망을 밀려고 창틀을 더듬는 게 보였다. 비명을 지르며 읽던 만화책을 던졌다. 책은 방충망에 맞았고 손의 주인은 우당탕 후다닥 요란하게 달아났다.
이런 일은 한 번으로 그치지 않았다.

이 얘기를 들은 한 선배가 문에 잠금장치 두 개를 더 달아줬다. 욕실에서 나오면 연결되는 주방 겸 거실 안방. 모든 창에 두꺼운 커튼을 쳤고 그 여름 내내 불을 켜둔 채 잠들었다.

이후 그 집에서 이사 나올 때까지 총 세 개의 잠금장치가 달린 현관문을 하나하나 차례로 잠글 때면 격리 수용된 기분이 들었다.

혼자 사는 여성 중 약 오십 퍼센트가 불안감을 느낀다고 한다.

남성에겐 자유를 의미하는 자취방이 여성에겐 잠금장치가 추가로 필요한, 주인 없는 커다란 남자 신발이 필요한, 불안하고 우울한 공간이 되어버리기도 한다.

불안이 가진 힘은 생각보다 세기 때문이다.

우당탕 나쁜 마음을 들킨 소리, 내빼는 소리

비둘기 소리

지독한 환멸은 어디에서 오는가.
나와 닮은 너, 내가 가장 싫어하는 모습만 쏙쏙 골라 닮은 너.
그래서 미워할 수도 사랑할 수도 없는 너의 모습에서 오는가.

'닭둘기'라고 불릴 만치 정체성을 잃은 몸뚱이.
간신히 버티고 있는 가느다란 다리와 작은 부리.
너는 뒤뚱뒤뚱 걷다가, 사람이 다가가면 화륵, 잠시 나는 시늉을 한다. 그리고 다시 내려앉는다.

도시의 한가운데에 살며 철사줄에 발가락이 끊어지기도 하고, 플라스틱을 삼킨 위장이 찢어지기도 하지만, 산으로 날아가지는 못한다. 떨쳐내지 못한다. 달콤한 땅콩 캐러멜, 짭조름한 새우깡, 고소한 뻥튀기의 맛을 이미 보아버린 탓이려니.

더이상 구구구 구구구 가벼이 울지 못하는 저 새는, 자신에게 주어진 진짜 삶을 살아내는 것이 무엇인지 점점 잊고 있는 저 새는 어쩜 우리 사람을 닮지는 않았는지.

사육되며 길게 사느냐.

짧게 살더라도 창공을 날며 자유롭게 노래하느냐. 더럽고 뚱뚱한 비둘기가 뒤뚱뒤뚱이며 욱욱으 욱욱으 내게 묻는다.

도심의 비둘기는 구구구 노래하지 않는다.

목이 꽉 막힌 소릴 내며 운다.

욱욱으 욱욱으 비둘기 소리

새끼 고양이 울음소리

고양이는 미얀 미얀 미야은 울고, 닭은 꼭꼭꼭 꼭 꼭 꼭 운다.

그런데 참 이상하다.
새끼 고양이, 이 녀석은 왜 이럴까?
이 녀석은 삐약 삐약 운다.
왜 그런 걸까?
발정난 고양이가 응애 응애 울어서 그런가 보다.
원치 않는 욕망에 겨워 몸을 비틀며 울어서 그런가 보다.
그렇게 태어난 새끼라서 그런가 보다.
그래서 날카롭고 가느다란 소릴 지녔나 보다.

욕망이란 원한다는 건데, 원치 않는 욕망이라니 참 힘든 노릇이다. 그런데 세상엔 그런 욕망이 참 많다. 신이 인간을 프로그래밍할 때 집어넣은, 나는 원치 않았던 식욕 말고도 참 많다. 저 스스로 만든 트랩과 같은 욕망이 차고도 넘친다.

아이가 좋은 대학 가길 바라는 마음, 좋은 차, 평수 넓은 집, 폼

나는 가방, 비싼 오디오, 매끈한 근육질의 몸, 더 높은 직책….
가만히 들여다본다.

그게 정말 당신 자신의 욕망이었던가. 누구 때문에, 무엇 때문에 스며든 욕망이었던가.

원치 않는 욕망으로 태어난 고양이 새끼는 삐약 삐약 빡빡 빽빽 금방이라도 깨질 듯한 뾰족한 소릴 낸다.

내가 정말로 되고 싶은 것은 닭일까. 고양이일까. 정말로 되고 싶은 나는 어떤 나일까. 사람 소리 같기도 하고 병아리 소리 같기도 한 울음소리를 들으며 생각에 잠긴다.

새끼 고양이의 소리, 야옹 야옹이 아니에요.

삐약삐약 새끼 고양이의 소리

에어캡 터뜨리는 소리

예쁘다는 게 뭘까? 매끈한 피부, 커다란 눈, 동그란 이마, 오뚝한 콧대, 새하얗고 가지런한 치아, 도톰한 입술, 조막만 한 얼굴, 늘씬하고 긴 목, 푹 파인 쇄골, 길쭉길쭉한 팔다리, 큰 가슴, 잘록한 허리, 탄력 있는 애플힙. 이런 모습이면 예쁜 걸까.

모두 다 같이 처지게 눈썹을 그리면 모두 다 같이 귀여운 사람이 되고, 모두 다 같이 눈썹을 올려서 그리면 모두 다 같이 강인한 여성이 되는 걸까? 콧대를 세우면 그 사람의 자존은 올라가고, 광대와 턱을 깎아내면 그 사람의 모난 성격이 둥글어지는 걸까? 그럴 수도 있겠지. 누군가에겐 그런 모습이 예쁘게 느껴질 수도 있겠지.

하지만 내 눈에 예뻐 보이는 사람은 에너지가 예쁜 사람이다.

예쁨은 한 사람에게서 나오는 에너지와 관련이 있다. 그 사람이 어떤 에너지를 갖고 있는지, 그 사람이 선량한 생각을 하는 사람인지, 그 사람이 악하고 모진 생각을 하는 사람인지, 그 사람이 밝은 사람인지, 그 사람이 어두운 사람인지, 그 사람이 받고만 싶어 하는 사람인지, 그 사람이 큰 사람인지, 그 사람이 작은 사람인지, 그 사람이 강한 사람인지, 그 사람이 약한 사람인지, 그 사람이 지혜로운 사람인지, 그 사람이 어리석은 사람인지, 그 사람이 탐욕스런 사람인지, 그 사람이 넉넉한 사람인지, 도대체 그 사람은 어떻게 살고 싶어 하는지, 살면서 어떤 일에 용기를 내는지 등. 내게는 그 사람이 지닌 에너지가 예쁨과 관련되어 있다.

예쁨, 그것은 한 사람이 뿜어내는 에너지다. 예쁨, 그것은 한 사람이 오랜 시간 마음속에 품고 살아가는 소원의 제목들이다.

결국 예쁨, 그것은 한 사람의 선택이다.

화사해 보이고 싶어서 립스틱을 하나 샀다. 택배 받은 립스틱을 꺼내고 나서, 립스틱을 감싸고 있던 뽁뽁이를 터뜨린다. 입술만 화사해지면 무얼 하나. 뽁. 생각이 화사해야지. 뽁. 뽁. 에어캡을 터뜨리며 헤르만 헤세의 말을 생각한다. 예쁜 에너지와 못생긴 에너지를 생각한다.

"나는 유감스럽게도 쉽고 편안하게 사는 법을 알지 못했다. 그러나 한 가지만은 늘 내 마음대로 할 수 있었는데 그건 아름답게 사는 것이다."

- 헤르만 헤세, 《정원에서 보내는 시간》

뽁, 뽁, 뽁 에어캡 터뜨리는 소리

수능 답안지 찢는 소리

포털 사이트에 들어가면 상단에 바로바로 보이는 각종 뉴스들과 사진들이 있다. 울컥 화가 나기도 하고 울컥 눈물이 나기도 한다. 동생을 찬 물속에서 업고 버텼다는 누나의 이야기, 모자가 녹는 줄도 모르고 불 속에 뛰어들어 아이를 구한 소방관의 이야기, 자신의 차가 훼손되는 것을 감수하며 휘청이는 상대의 차를 가로막아 대형 사고를 막은 분의 이야기, 소리 없이 오랜 세월 기부해온 기업들의 이야기, 유기된 동물들을 사랑으로 보살피는 사람들의 이야기.

그리고, 수능 시험 날 자신을 수능 고사장까지 태워다준 부모님께 큰절을 올린 수험생의 이야기.

나는 수능 첫 시간에 국어 답안지를 밀려 써서 십이 점을 손해 본 뒤, 그날 시험을 완전히 망친 사람이다. 마감 구 분 전에야 내가 답안지를 밀려 쓴 걸 알았다. 답안지를 바꿔달라고 하니 감독관은 십 분 전에 말했어야 했다고 끝까지 바꿔주지 않았다. 쉬는 시간 다른 반에서 온 친구들이 "뭐? 우리 교실은 사 분 남기고도 바꿔줬는데!"라고 말했을 때 펑펑 울어버렸다. 이후 도미노 게임처럼 두 번째 시간, 세 번째 시간 다 망친 것이 두고두고 한이 되었다.

나와 같은 고등학교를 나온 내 동생이 그로부터 다섯 해 후에 수능을 치를 때, 담임 선생님이 이런 말을 했다고 한다. 혹시라도 밀려쓴 걸 알면 몇 분 남았나 보지 말고 바로 답안지를 찢으라고. 그러면 바꿔준다고. 너희 선배 중에 구 분 남겨두고 못 바꾼 애가 있었다고. 그애 공부는 잘했는데 자기가 원하는 대학 못 갔다고. 그 이야기를 집에 와서 전달하는데 같이 듣는 부모님 표정이 복잡했다. 나의 실패는 두고두고 회자되는구나.

두고두고 돌고 도는 타자의 이야기들. 남의 입에 오르내리는 실패담이 내 이야기일 때 나는 두 배로 불행하다. 아마 수능 점수가 평소보다 삼십 점 깎인 일이 내 속에 오래 맺혀 있었을 것이다. 그 맺힌 마음이 한 학생의 큰절하는 뒷모습에서 울컥하더니 팍 터져버린 것일 테다.

자신의 뒷바라지를 묵묵히 해주신 부모님께 큰절 올리는 장한 아이, 그리고 환하게 웃는 아름다운 부모님. 세상에 태어나는 게 전쟁터에 밀어 넣는 일인 것마냥 세상에 새로 태어나는 아이들에게 미안한 요즘. 입시난, 취업난, 주택난이 난무하는 요즘.

부모에게 큰절 올리는 마음과 환히 웃으며 아들의 절을 받는 마음이란 얼마나 깨끗하고 씩씩한 마음인지, 얼마나 커다란 마음인지. 그리고 그 두 마음이 만나는 광경.

내가 잘못해놓고도 답안지를 바꿔주지 않은 감독관을 두고두고 원망하고, 답안지를 찢는 요령을 알려주지 않은 고삼 담임을 원망하고, 어떤 정보도 주지 못하고, 어떤 강요도 하지 않아 모든 걸 내가 결정하고 선택하며 마치 울타리 없는 곳에 홀로 서 있는 망아지 같은 느낌이 들게 한다며 부모님을 원망하던 어리석은 나를 돌아본다. 성인이 되고도 여전히 어리석은 나를 반성한다.

내 마음 깊은 곳에 맺혀 있던 밀려 쓴 답안지를 이제 찢어야 할 때가 왔다.

그 누구의 힘도 아닌 내 힘으로 찢어야 할 때다. 그리고 큰절을 올려야 할 때다. 어려운 가운데에서도 끝까지 책임을 놓지 않고 같은 자리에 계셔주시는 부모님께. 어리석고 게으른 사람을 엄마로 둔 아이들에게. 늘 내 것만 보느라 챙겨주지 못하는데도 응원의 함성을 보내주는 동생들에게. 큰절을 올려야 할 때다.

찢자! 새로 쓰자!

꽉 수능 답안지 찢는 소리

비닐봉지 뒤지는 소리

길가의 쓰레기 봉지 하나 무참히 뜯겨 있다
고양이의 소행이다
고양이는 봉지를 뜯는다

봉지 안에 치킨 뼈가 없어도
봉지 안에 고등어 비늘이 없어도
봉지 안에 북어 대가리가 없어도
고양이는 봉지를 뜯는다

냄새가 남아 있기 때문이다
냄새 때문에 뜯긴 비닐봉지
먹을 거라곤 아무것도 든 게 없는 비닐봉지

미련 때문에 뜯긴 내 마음이다

가볍고 약한 소리,

비닐봉지 뒤지는 소리
부스럭 부스럭

고양이는 실체는 없고 냄새만 남은 봉지를 오늘도 뒤진다
부스럭 부스럭

엿 먹는 소리

기말시험이 끝났다. 나도 홀가분한데 아이들은 어떠랴. 한 학생이 그 기쁨 때문인지 하교 후 학원에 오면서 엿을 사왔다. 문구점에서 샀다고 했다. 요즘은 문구점에서 엿도 파는구나, 요즘은 엿을 이렇게 알사탕처럼 포장해서 파는구나 생각하면서 하나 받아들었다. 아이는 여러 명에게 인심 좋게 엿을 돌린다. 엿을 먹는 건 아주 오랜만의 일이다. 불량 식품 같아서 안 먹으려다 하나 까서 입에 넣었다. 기분 좋게 씹는데 빠적 하는 소리가 들린다. 그렇다. 나 엿 먹었다.

스무 살에 대전광역시 은행동의 한 치과에서 때운 금조각이 떨어져나갔다. 엿을 뱉어 화장실로 들고 가 살살 씻어보니 나의 황금이 분리되어 나온다. 으아 진짜 슬프다.

떨어져나간 금조각을 다음 날 바로 들고 갔는데 변형되었다고 했다. 이도 한 부분이 깨졌다고 했다. 아… 그 소리가 그 소리였구나! 다시 때울 수는 없고 크라운을 씌워야 한대서 금, 토, 일, 월 쭉 쭉 쭉 고생 중이다. 어금니를 돌려깎기 해놓아서 이가 반

삭됐다. 원래 그러는가 보다. 다 깎아내는 거. 에나멜 코팅된 부위가 다 갈려나갔다.

첫날은 예약 환자가 너무 많아 나를 끼워넣을 자리가 없다고 임시로 그 자리에 약만 넣어주었다. 그 다음날 다시 오라고 해서 갔더니 마취부터 했다. 마취를 하고 신경치료를 하고 평평하게 갈아내는 데만 한 시간 걸렸다. 타는 냄새, 본뜨는 약품 냄새, 플라스틱 냄새 등에 고통당하고 나니 잇몸, 혓바닥이 다 부르트고 헐었다. 임시로 플라스틱을 씌워줬는데, 아프다. 깨질까 봐 반대쪽으로만 씹고 있다. 약 이 주 후에나 마무리된다.

이거 하느라 겨울 생존템으로 하나 사고 싶었던 롱패딩도 못 산다. 슬프다. 발목까지 다 감아줄 기세라 맘에 쏙 들었던 옷인데, 이미 장바구니에까지 담아두었는데 참 여러모로 어이없다.

이가 이렇게 되고 나니 알게 된다. 와, 나는 정말 오른쪽 이를 많이 사용했구나. 습관적으로 뭔가를 씹으려다 이물감에 흠칫

놀라게 된다. 그리고 신경써서 왼쪽으로만 씹으려고 노력한다. 왼쪽은 무리를 해서 턱관절과 잇몸이 너무 아프다. 죽지 않을 만큼만 먹어야지 다짐하게 된다. 턱관절이 아프니 온몸의 근육이 다 아프다.
온몸의 근육이 다 아프니, 온 일상이 엉망이다. 내가 눈앞에 먹을 걸 두고도 먹지 말아야겠다고 결심하게 되다니.

이가 깨졌다고 의사가 알려줄 때, 엿 먹을 때 나던 "빠적!" 하는 소리가 머릿속에서 다시 선명하게 울려왔다. 아 그 소리가 그 소리였구나!

위잉, 하고 이를 갈아내던 기계음보다 더욱 선명한 기억으로 남아 있는 소리다. 외부의 기계 소리가 아무리 크더라도, 내 신체 기관이 만드는 소리는 귀로만 듣는 것이 아니라 온몸의 세포들이 함께 듣기 때문에 더욱 선명하다.

내가 만들어서 내 입안에서 나는 소리, 내가 만들어서 내 관절에서 나는 소리, 내가 만들어서 내 심장이 내는 소리. 내가 만들어서 내보내는 목소리들, 내가 내뱉고 들이마시는 숨이 내는 소리들. 내 온몸의 세포와 달팽이관이 직접적으로 듣는 그 소리들.

내가 만든 일, 내가 속한 일이 더 크게 와닿는 건 그래서일 테지. 다른 사람들도 마찬가지일 테지. 그건 어쩔 수 없는 일일 테지. 그러니 서운해하지 말자. 다른 이가 자기 소리만 크게 듣는다고, 내 이야기에는 관심 없다고 서운해하지 말자.

다만, 가끔 내게 귀기울여주는 이가 있다면 감사하자. 귀하게 여기자.

이건 내가 나에게 하는 다짐의 소리, 빼적!

빼적 엿 먹는 소리

점 찍는 소리

“점은 부분이 없는 것이다”라는 문장이 《유클리드의 원론》이라는 책에 나온다고 해. 아아아 읽는 순간 짜릿했어. 심장이 쿵! 내려앉았어.

아… 그렇구나. 점은 작은 게 아니구나. 점은 큰 거구나. 모든 것은 점으로부터 시작하는구나.
모든 것은 완전하게 시작하는구나.

나는 생의 많은 부분에서 부분으로 살아왔어. 어리고 어리석었던 시간들. 중요한 것을 몰랐던 시간들. 내가 원래 가진 것을 빼앗기고 손상당하던 시간들. 내가 귀하다는 것을 몰랐던 시간들….

하지만 지금이 지나고 난 후, 아직 오지 않은 어느 날, 나는 점이었어, 라고 말할 수 있을까.

한 조각, 한 부분. A part.

그래서 partner라는 단어가 나왔나 봐. 한 부분만 나눠줄 수 있는 사람. 아니면 두세 부분 정도는 나누는 사람. 파트너.

전체를 가질 수 없는 사람. 전부가 아닌 사람. 온통이 아닌 사람. 그런 사람을 보고 파트너라고 하나 봐. 프렌드나 브라더와는 다르지. 시스터나 마더와도 다르지. 와이프, 러버와도 다르지.

파트너라는 말에 대해 생각해. 너는 나의 연인이 아니라 파트너가 아닐까.

그런 생각을 하면 쓸쓸해져.
쓸쓸해지면 자존감이 바닥을 쳐.

내 자존을 갉아먹는 너는 내게 좋은 사람이 아니야.
그렇지만 이런 걸 깨닫게 하는 관계는 좋은 관계지.
그래서 고마워.
"점은 부분이 없는 것이다."

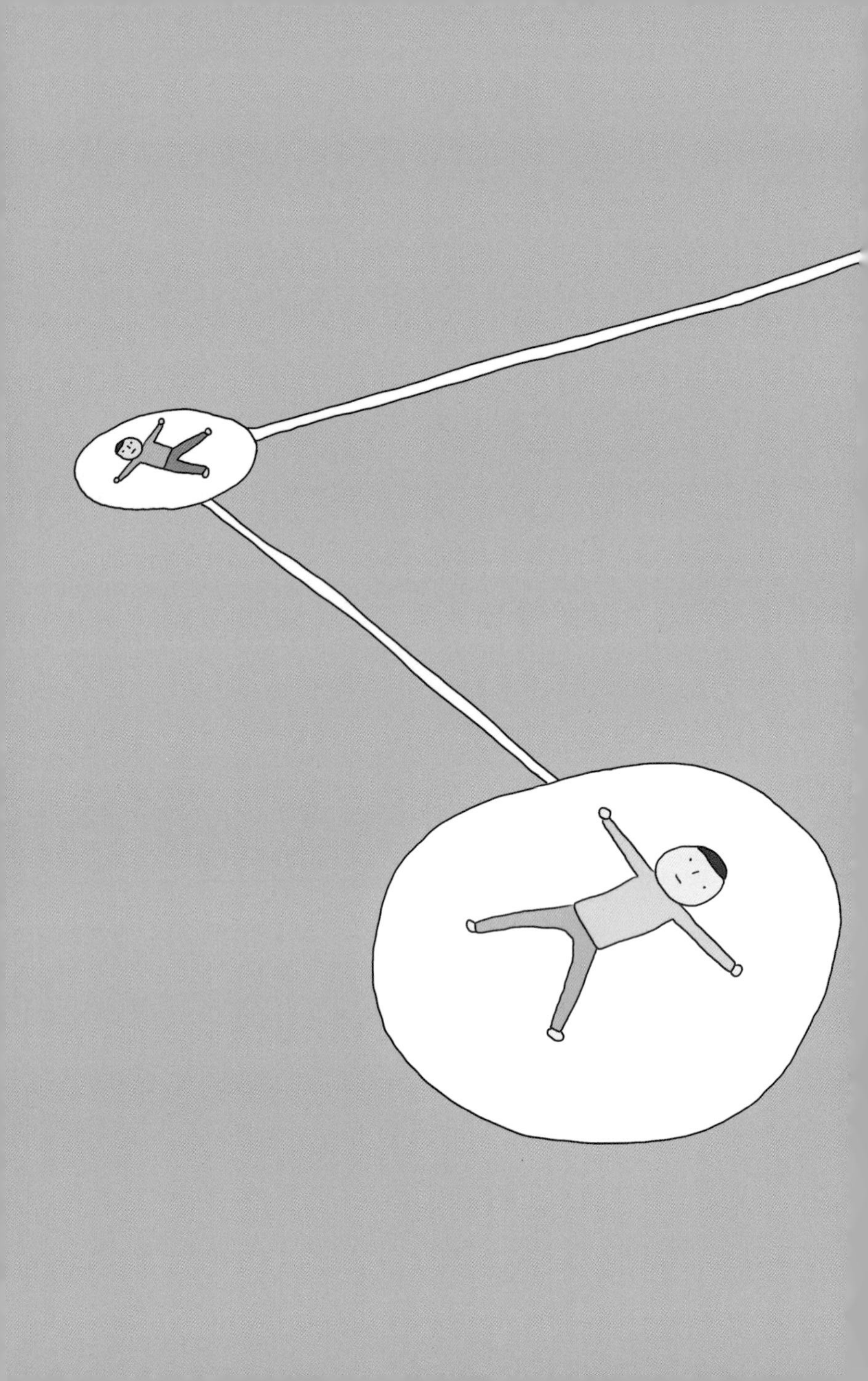

이런 매력적인 문장들이 꽤나 열심히 날 유혹한다 해도 오늘은 책 밖으로 나가 걸을 거야. 네 생각 밖으로 나갈 거야. 오늘은 어제보다 삼 도나 높은 다정한 날이거든. 십이월의 첫 토요일이거든.

오늘은 내 생애 한 번뿐인 특별한 날이거든.

손상된 내가 손상되지 않은 원래의 나로 돌아가기 위한 점을 찍은 첫날이거든.

지퍼 올리는 소리

어깨가 몹시 아프던 때가 있었다.

바닥에 누우면 오른쪽 팔이 방바닥에 닿지 않았다. 누군가 힘을 줘서 내리눌러야 했다. 벽에 붙어 서면 온몸이 다 붙어도 어깨만 붙지 않았다. 오른팔을 움직이려면 내가 왼손으로 오른팔을 당기거나 누군가 팔을 당겨줘야 했다. 채점도 왼손으로 했다. 오른손으로는 할 수 있는 일이 없었다.

옷을 벗으려고 팔을 들면 아파서 비명이 절로 나왔다. 옷을 입고 벗을 때마다 아이가 도와줬다. 허리춤에 있는 티셔츠의 아랫부분을 잡고 껍질 벗기듯 머리통 쪽으로 잡아당겼다. 나는 앞으로 나란히 자세를 하고 엉거주춤 서 있다가 아이가 당기는 방향으로 협조해 옷을 벗었다. 원피스를 입을 땐 혼자 지퍼를 올리고 내릴 수 없어 옷을 꿰고는 아이 앞으로 가 돌아서 있으면 아이가 지퍼를 올려주거나 내려줬다.

고치려고 병원을 많이 다녔다. 정형외과에서 사진도 찍어봤는데 별 이상이 없다고 했다. 그래도 너무 아프니까 물리치료를 받고 진통제와 근이완제를 처방받아 먹었다. 차도가 없었다. 한의원에도 다니고 한약도 지어 먹었다. 역시 차도가 없었다. 종합병원을 가니 MRI를 찍자고 한다. 덜컥 겁이 났다.

다른 병원을 수소문해보기도 하고 검색도 해보다가 웹에서 한 재활 의학과를 알게 되었다. 신문에도 소개된 곳이고 아주 용한 곳이라고들 했다. 우리 집에서 네 시간 걸리는 먼 곳이었지만 찾아갔다. 의사 선생님은 초음파로 아픈 어깨 부위를 보시더니 점액낭염이라고 했다. 난생처음 듣는 병명이었다. 지난 일 년 동안 이 병원 저 병원 전전하며 병세는 점점 나빠진 상태였고, 그 어린 나이에 벌써 오십견인가 하는 소릴 들었다. 상태는 더욱 나빠져 그 상태로는 자는 것과 깨 있는 것 모두 고통이었는데 그동안 명확한 병명이 없었다.

그런데 새로운 병원에서 몰랐던 병명이 나온 것이다. 아픈 그 자리에 바로 주사를 맞았다. 거짓말처럼 팔이 움직였다. 그렇게 일주일에 한 번씩 네 번 주사를 맞자 씻은 듯이 나았다.

의사 선생님은 몇 가지 일상생활의 팁을 알려주셨다.

"빨래 털지 마세요. 그 순간 어깨에 가해지는 무게와 충격은 어마어마합니다. 평소에 벽의 모서리를 짚고 안쪽으로 걸어들어가는 스트레칭을 하세요. 모로 누워 자지 마세요."

그 의사 선생님께 배운 팁을 친구들과 직장 선생님들께 가르쳐주곤 한다. 선생님들은 와아 놀란다. 십 초 만에 아프던 어깨가 시원해졌다고. 그러게… 몰라서 그렇지 알기만 하면 그렇게 어려운 것도 아닌데.

생활 습관이나 스트레칭만으로도 예방할 수 있는 병들을 몰라서 키우고 있는 사람들이 많을 것이다. 자신의 병명을 정확히 몰라 그에 맞는 약을 처방받지 못하는 사람들도 많을 것이다. 자신의 슬픔이나 불안, 분노의 정확한 이유를 몰라 마음을 제대로 살피지 못하는 사람들도 많을 것이다.

나는 다행히 병명을 찾았고 치료를 받아 어깨를 고쳤지만 그게 안 되는 사람들이 있을 거라 생각하면 마음이 아프다. 내가 그 고통을 직접 겪어보았기에….

사과를 앞에 두고도 그것이 사과인지 모르는 것과 사과라는 것을 아는 것은 다르다. 아는 것과 모르는 것은 다른 세상의 일이다. 그것이 사과임을 알아가는 것. 사과를 다른 나라에서는 다른 말로 부르기도 한다는 것. 그 사과를 먹고 싶을 때 '원한다'라고 정확히 말한다는 것. '원한다'라는 말을 안다는 것. 그것은 스스로 제 옷의 지퍼를 올리고 내릴 수 있는 힘을 준다.

비록 올려줄 이 없어 지퍼는 혼자 올릴지라도 자루 같은 원피스만 입지 말자. 하나하나 배우고 고쳐가며 스스로 지퍼도 올려가며 까딱없이 살자. 사과도 먹고 애플도 먹고 그러자. (아, 그런데 왜 눈물이…)

찌익 지퍼 올리는 소리

찻물 따르는 소리, 오줌 누는 소리

같이 영어를 가르치는 선생님들 중 가장 친하게 지내는 S와 주말마다 차茶를 배우기로 했다. 밥 먹고 나서 습관처럼 마시는 커피와는 다른, 차를 마실 시간이 우리에게는 필요했다. 햇수를 더할수록 무례해지는 아이들, 선생님으로 대할 생각 없고 그저 돈을 내고 사용하는 아랫사람으로 대하는 부모들 탓에 지칠 때가 많았기 때문이다.

아이 머리 염색해주고, 아이 새 옷 사주고, 자기 속눈썹 연장하고, 가족들 외국여행 다니느라 제때 수업료를 내지 않는 사람들, 한 달 밀려 냈으면서 선납했다고 우기는 사람들, 문자나 전화에 답하지 않는 사람들, 숙제를 해오지 않는 아이들, 선생님이 숙제를 안 내줬다고 거짓말하는 아이들, 우리 애가 거짓말했다는 거냐고 되묻는 사람들, 연락도 안 되고 한 시간 반이나 늦게 온 아이들, 우리 애는 제시간에 갔는데 문이 닫혀 있더라는 사람들, 왜 아무것도 모르는 애한테 베껴 쓰기만 하는 숙제만 내주냐고 묻는 사람들(알고 보니 학교 영어 선생님이 낸 숙제였다), 선생님이 되었으면 무작정 기다릴 줄도 알고 감정을 다

스릴 줄도 알아야지 가버리면 어떡하냐는 사람들, 나는 애를 혼내지 못하겠으니 선생님이 애를 좀 혼내달라는 사람들.

벗어날 수야 있겠는가. 잠시 잊는 거지. 혈관에 잠시 마취 주사를 놓는 거지. 다만 그들 때문에 내 황금 같은 주말을 그들 생각으로 채우진 않겠다고, 다만 맑은 생각과 맑은 찻물을 따르며 마른 벚나무 가지에 내려앉는 겨울 햇살에 취하겠다고, 숙차와 생차, 황차, 홍차, 백차, 흑차, 청차 마시며 머리를 비우고 비우겠다며 쪼르르 찻물을 따른다.

맑은 차향과 부드러운 찻물의 색이
내 옷 속으로, 내 머리카락 속으로, 내 몸속으로 스미고 스며든다.

쪼르르르.

급격히 열과 습을 가해 만든 숙차보다 오랜 세월 기다리며 발효시킨 생차가 몸에 좋은 것은, 속을 할퀴지 않고 혀에 자극적이

지 않고 몸을 상하게 하지 않는 것은 햇수를 거듭할수록 공기와 맞닿으며 산화되어 독성이 스르르 사라졌기 때문이라지.

몸에 좋은 만전산 차를 많이 마신 날 쪼그리고 앉아 오줌을 눈다.
피가 맑아지고 눈빛이 순해진 날 쪼르르르 오줌을 눈다.

많이많이 눈다.
비우고 비운다.

쪼르르르 찻물 따르는 소리, 오줌 누는 소리

첫 물 끓는 소리

여섯 시. 알람이 울린다. 일어나야지. 일어나야지. 오 분만 더, 설정하고 다시 잔다. 오 분만 더, 설정하고 다시 자고. 오 분만 더, 설정하고 다시 자다 깨다 이걸 반복하다 보니 삼십오 분이다. 으으으으! 이럴 거면 처음부터 삼십오 분에 맞춰둘걸!

이러던 차에 '알라미'라는 앱을 발견했다. 이 앱에는 사진을 찍어야 소리가 멈추는 기능이 있다. 이게 무슨 소리냐면 이 앱의 모닝벨이 울리면, 핸드폰을 들고 이불 밖으로 나가 미리 앱에 저장해둔 사진과 비슷하게 사진을 찍어야만 벨 소리가 멈춘다는 뜻이다. 만약 칫솔 사진을 이 앱에 저장해뒀다면 욕실로 가서 그 칫솔을 찍어야 알람이 멈춘다. 만약 책을 한 권 저장해뒀다면 그 책을 각도 비슷하게 맞춰서 찍어야 알람이 멈춘다.

일어나서 어느 지점까지 걸어가 사진까지 찍고 나면 잠이 달아나기 마련이다. 게다가 일어나서 꼭 실천하고자 하는 일을 찍어둔다면 일거양득인 셈이다.

나로 말하자면 전기 주전자를 찍어 이 알람 앱에 저장해뒀다.

눈을 뜨고 이불 밖으로 몸을 꺼낸 뒤 다리를 움직여 주방으로 가서 주전자 사진을 앱에 저장한 것과 비슷한 각도로 찍는다. 곧 알람이 멈춘다. 주전자를 찍어둔 이유는 눈을 뜨자마자 바로 물을 끓이기 위해서다.

정신을 차리겠다고 커피 물을 끓인다. 빈속에 마시면 좋지 않다, 식후에 바로 마시면 좋지 않다 하는 말들이 생각나지만 어쩔 수 없다. 내가 움직여야 아이들 밥을 차려줄 수 있고, 아이들이 학교에 갈 수 있는 걸. 내가 움직여야 내 우주가 돌아가는 걸. 내가 움직여야 아이들의 우주도 시작되는 걸.

커피라는 음료는 어찌나 신기한지. 아이스 커피, 핫 커피 둘 다 신기하다. 더운 날은 몸을 식혀주고, 추운 날엔 몸을 덥혀준다.

오늘은 추운 날이다. 부릉 부릉 물을 끓여 커피를 내린다. 부릉 부릉 열을 내고 부릉 부릉 시동을 걸어준다.

쓰고도 고소한, 까맣고도 환한 향기가 피어오르는 커피를 위한 소리.

각성을 위해 시동 거는 소리. 물 끓는 소리, 부릉 부릉.
듣고 있으니 좋구만! 일어나길 잘했구만!

부릉 부릉 첫 물 끓는 소리, 하루에 시동 거는 소리

아참, 이 앱은 유료다. 의지가 박약하면 대가를 치르는 법. 흑!

파도의 소리

길가에 트럭을 세워두고 과일을 파는 아저씨가 있다. 단감이 세 줄에 오천 원, 방울토마토가 한 소쿠리에 오천 원, 오렌지는 스무 개에 만 원이다.

오렌지가 스무 개에 만 원.
작은 현수막에 꽉 차는 큰 글씨로 써서 붙여놨다. 세상에나, 오렌지가 스무 개에 만 원이라니…. 트럭으로 향했다.

셈을 치르고, 팔목에 검은 봉지를 끼워 손을 주머니에 찌르다 문득, 길 위에서 아저씨의 갈라지고 터진 손이 받아들던 만 원짜리를 떠올린다.

그 만 원짜리를 들고 아저씨가 집으로 돌아가면, 매연과 소음의 거리에서 꽃샘추위를 겪고 돌아온 그를 위해 된장찌개 자박자박 끓여놓고 기다릴 아내가 있었음 참 좋겠다. 아빠가 남겨온 단감을 아그작 아그작 베어먹을 아가들이 있었음 참 좋겠다.

그의 고단한 귀가는 환호였으면 한다.
그의 저녁은 웃음이었으면 한다.
그의 터진 손은 그의 열매이자 긍지였으면 한다.

우체국 옆길에 주욱 늘어선 채소장수 아줌마들, 과일장수 아줌마들, 그 아줌마들이 집에 돌아가면 그들을 기다리는 남편들이 꼭 있었으면 좋겠다. 그녀들의 팔다리를 주물러줄 남편들이 꼭 있었으면 좋겠다. 남편은 착실한 금액을 따박따박 받아오는 일터가 있어서, 그녀들의 벌이가 들쭉날쭉해도 아이들 학비 걱정은 없었으면 좋겠다.

비가 오는 날에는 맘 편히 노점 일을 쉬었으면 좋겠다.
그녀들은 그랬으면 좋겠다.

과일 트럭 옆을 지나는 차들은 "프좌아아아아" 소리를 내며 달린다.

그 소리는 파도의 소리다.
망망대해를 포기하지 않고 달리는 파도의 소리다.
일상의 소리다.

파도의 소리는 철썩 철썩이 아니다.

프촤아아아아아 파도의 소리

바람의 웃음소리

햇살이 와르르 쏟아지는 창가에 서서 배추를 씻는다.
배추에 벌레가 듬성듬성 파먹은 이빨 자국을 본다.
아이의 응 응 응 소리처럼 귀엽다.
응 응 응.
구멍 사이로 바람이 노닐며 웃었겠구나.

배추 앞면은 깨끗한데, 뒷면엔 흙이 묻어 있다. 빗물에 튀긴 흙탕을 가장자리의 배춧잎이 감싸 안으며 막아낸 덕분이겠지.

수돗물을 틀어 손으로 문대다, 순간 "아얏!" 배추 뒷면의 가시들, 오소소 솟아 있는 가시들. 의외로 날카로운 가시에 찔리고 만다.

배추가 저 자신을 보호하고자 한 일이었지만 벌써 나비 애벌레와 무당벌레 애벌레들이 와서 먹었고, 나도 뜯어왔고, 머잖아 된장국에 넣어 두부랑 같이 끓여질 텐데, 끝끝내 세우고 있던 배추의 가시들. 찔리고, 만져보면 더욱 날카로운 가시들.

어차피 샛노란 속까지 내어줄 거 두 팔 벌려 안으며 내어주지. 아무도 찌르지 말고, 아프게 하지 말고 푸르고 싱싱하게, 웃으면서 내어주지.

배추야, 가장자리의 배추야, 배춧잎아, 그러지 그랬니? 응?

바람이 웃는다.
응 응 응
웃는다.
동그랗게 웃는다.

응 응 응 바람의 웃음소리

침묵의 소리

4부

봄이 흐드러지는 소리

자는 아이들을 바라보는 봄밤.

밤의 공기와 당신의 부재는 사람의 영혼을 뒤집어놓는다.

어두움과 침묵의 미세한 결에 관한 한 까막눈이나 다름없는 뮤즈들은 이쯤되면 퇴장하는 것이 옳다. 나는 첼로 선율이 흘러나오던 스피커를 끈다.

고요 안에는 봄의 움직임이 담겨 있다.

풀벌레의 작은 움직임, 바람의 숨결, 키 작은 들꽃의 흔들림이 모두 담겨 있다.

내 피부의 면면을 모두 감싸며 산벚꽃이 종소리를 댕댕 울리는 날에는 도톰한 플리스Fleece담요를 깐 나무 아래에서 키스나 흐드러지게 할 일이다. 봄밤.

댕댕 저 멀리서 봄이 오는 소리, 이곳에서 봄이 흐드러지는 소리

참치 캔 따는 소리

_ 영화 <파주>를 보고

세상에서 제일 슬픈 소리
참치 캔 따는 소리.
가난한 밥상에 손님처럼 사랑이 찾아들 때
내어놓는 반찬 소리
가진 것 중 제일 기름진 것으로 내어놓는 소리
세상에서 제일 아픈 소리
참치 캔 따는 소리.
예리한 뚜껑에 손을 베이듯
간신히 눌러뒀던 상처가 발딱 일어나는 소리.

초라한 밥상을 미안해하는 마음이
미안함마저 포기할 때 일어나는 소리.
희망도 꿈도 욕망도 기쁨도 비밀도
담담한 얼굴이 되어 내려놓는 배려의 소리.

세상에서 가장 슬픈 소리.
가난한 마음, 지옥 같은 천국이 저희에게 임하는 소리
참치 캔 따는 소리.

딸깍 참치 캔 따는 소리

영화 〈파주〉에서 자신을 찾아온 어린 처제에게 밥 차려주던 그의 다 포기한 듯한 텅 빈 눈빛, 그리고 애증의 눈빛으로 형부를 바라보는 어린 처제를 위한 참치 캔 따는 소리를 기억하며. 지치고 가난했던 그가 가진 가장 비싸고도 비린 찬이었을 캔 하나를 떠올리며.

나뭇가지 부러지는 소리

너는 내가 밀치고 가야 하는
나의 다리를 찌르는, 너는
고약한 거추장

너는 내가 베어내고 가야 하는
나의 눈을 찌르는, 너는
안타까운 가난함

너는 내가 부러뜨리고 가야 하는
나의 손을 할퀴는, 너는
메마른 책임감
너는 내가,
나는 네가,

밀치고, 베고, 부러뜨리며
울게 하는
내게서 뻗어나온
나뭇가지

뚝 뚝 나뭇가지 부러지는 소리

기억을 고정하는 소리

이혼을 한 후 자주 계획을 세웠다. 결혼 제도 안에 머물기는 실패했지만, 그렇다고 내 인생까지 실패한 것은 아니라고, 아이들의 삶이 실패한 것은 아니라고 붙잡고 서 있을 지팡이가 필요했나 보다. 방향을 잃지 않을 나침반이 필요했나 보다.

낡은 다이어리를 정리하려다
바랜 종이에 적힌 to do list와 to be list를 본다.

목록들. 꼭 이뤄내야만 한다고 나를 다그치던 목록들. 내가 정한 나의 목록들. 그중에는 아이들을 위해 운전하기도 있고, 아이들에게 방 하나씩 줄 수 있는 집 사기도 있고, 대학 때 배우다만 가야금을 계속해서 배우기, 도자기 배우기, 프루스트 독파하기도 있다. 빚 갚기, 부모님께 매달 용돈 드리기도 있고, 일 년에 두 번 가족여행 가기도 있고, 한 달에 한 번 온 가족 다 같이 금오산 등반하기도 있다.

어떤 꿈은 유치해서 풉 웃음이 나오기도 하고, 어떤 소망은 이런 작고 가난한 꿈을 간절히 품던 한 어린 엄마의 모습이 가여워서 핑 눈물이 돌기도 한다.

그러나, 놀라운 건 여기에 적은 꿈들 중 열에 일곱은 이루어졌다는 거다. (여기엔 이루어냈다는 표현보다 이루어졌다는 표현이 어울린다. 나 혼자 이뤄낸 것이 절대로 아닐 테니.)

간절히 원하는 것을 이루기 위해 새벽에 일어나기도 하고, 강의안을 짜서 혼자 벽 보고 시뮬레이션을 해보기도 하고, 책을 사서 공부를 하기도 하고, 아이들에게 조르고 졸라 금오산에 가기도 하던 시간들이 떠오른다.

늦게까지 수업을 하며, 밥을 짓고, 빨래를 해 널고, 열나는 아이를 병원까지 업고 뛰고, 팔 부러지고, 발가락 부러진 아이 데리고 택시를 잡으려고 동동거리고, 때때로 필요한 세제와 휴지와 쌀을 낑낑대며 사 나르며, 이리저리 머리 터지게 돈 계산을 해가며, 책을 읽으며, 사람들을 만나며, 어떻게 살 수 있었을까.

무슨 힘으로 나는 그렇게 살 수 있었을까. 그때의 나는 천하장사였나 보다.

과거의 나와 지금의 나에게는 기대고 서 있을 거대한 기둥이 필요했던 게 아니구나. 그저 작은 지팡이가 하나 필요했던 거구나. 길을 함께 가줄 날씬하고 가볍고 단단한 지팡이 하나면 족했구나. 내 의지를 꺾지 않고 그저 지쳐 쓰러지지 않게 잡고 있을 지팡이 하나면 족했구나. 나에게는 네온 불빛 화려한 표지판이 필요했던 게 아니구나. 그저 방향을 잃지 않고 있는지를 확인할 나침반이면 족했구나.

그때보다 아이들은 자라 오히려 육체적으로는 덜 힘든데, 먹여주고 씻겨주고 일일이 쫓아다니지 않아도 될 만큼 자라서 내 시간을 더 많이 가질 수도 있는데, 아기 때만큼 약하지 않아서 펄펄 열이 나는 아이를 업고 뛸 일도 없는데, 때때로 나는 거대한 기둥을 바라는 건 아닌지, 감사함을 잊고 요행을 바라는 건 아닌지 반성한다.

내 속에 있는 것이 희망이 아닌 탐욕은 아닌지 반성한다.
내 속에 있는 것이 맑음이 아닌 탁함은 아닌지 되돌아본다.

오래된 다이어리에 적힌 나의 목록들을 본다. '무슨 일을 할지, 어떤 사람이 될지'가 전부인 나의 목록들. 누군가에게 바라는 것은 하나도 없는 나의 목록들. 온통 가족을 위해 해주고 싶은 마음만 가득한 나의 목록들을 본다.

나의 먼지 잔뜩 쌓인 지팡이와 나침반에게 미안해진다.
다이어리를 버리기 전에, 찰칵!
옛 목록들을 사진 찍어둔다. 기억을 고정시킨다.

순간은 그곳에 머물러라. 나는 흘러갈지니. 찰칵!

찰칵 기억을 고정하는 소리

모기의 소리

두꺼운 청바지를 뚫었다.
창은 닫혀 있는데 어떻게 들어온 걸까. 좀 전에 내가 들어올 때 따라 들어온 것일까. 현관이 열리고 닫히는 그 짧은 시간을 공략한 것일까.

내 입과 손톱을 다 이용한다 해도, 나는 남의 청바지를 뚫고, 남의 살을 뚫을 수 있을 것 같지 않은데…. 내 몸의 몇천 배나 되는 동물에게 달려들 수 있을 것 같지 않은데….

모기는 어떻게 그 불가능해 보이는 일을 평생 할까.
목숨을 걸고 하는 일에는 당할 재간이 역시 없는 것일까.

나는 그러면,
나는 그래서,

내 목숨을 지키느라 맹렬히 달려들지 못하고 있는 걸까.
나를 지키느라 내 두려움을 이기지 못해

뚫고 들어가지 못하고 있는 걸까.

너에게. 그리고, 세상에게.

애애애앵 모기의 소리

채점하는 소리

“A spider is not an insect.”
거미는 곤충이 아니다.

이 문장은 참이다. 어법에 맞다. 상식에 맞다. 동그라미를 친다.

발전을 위한 채점이 아니라, 채점을 위한 채점을 하기 위해 거미는 다리가 두 개 더 있으므로 내가 아는 정답과는 다르다고 선을 긋는다. 다리는 여섯 개여야 옳다는 기준은 바꾸기 힘든 강철 모양틀.

몸은 머리, 가슴, 배로 나뉘어야만 옳다.
다리는 여섯 개가 아니면 틀린 것이다.
이 특징이라 불리는 모양틀에 제 몸을 맞추기 위해
너도나도 모기도 사마귀도 파리도 깔따구도 모두
너도나도 몸을 세 등분하고 다리 여섯 개를 달고 온다.

먼 타자로서의 인간을 사랑하지만 연인으로서의 남자를 사랑하지 못하는 내가 너를 특징짓는다.

너는 나와 같은 곤충이 아니라고 부정하고 밀어낸다. 너는 내게 없는 다리가 두 개 더 있다고. 너는 머리 가슴 배로 나뉘지 않았다고. 너는 나와 다르다고. 나와 다른 너는 거짓이라고. 사랑이 아니라고.

찍 찍 긋는다.

거미의 세상에선 불구인 개미가
거미를 곤충이 아니라고 규정한 문장에 동그라미를 한다.

A spider is not an insect.
그게 맞다고 붉은 펜으로 채점을 한다.

찍 채점하는 소리

다름과 다름이 만나 같음이 될 수 없어도 그게 거짓은 아니라고, 다름과 다름이 만나 새로움이 될 수 있음을, 진실이 될 수 있음을 너무 늦게 깨달았다.

각질의 시간이 내는 소리

각질을 잡아 뜯다가 입술에 맺히는 피
입술을 질겅이며 피를 쪕쪕 빨아먹는 시간

아랫입술에 맺힌, 한때 네 것이었던,
미련도 체념도 쪕쪕 빨아먹는 시간

핏속에 가라앉아 있는 미련을 빨아먹는 시간
저 깊은 저수지 속에 가라앉아 있는 돌처럼
내 핏속에 고여 있는 납덩이처럼.

너는 무겁고, 어둡고, 흐름을 방관하고
너는 네가 만든 미로 속에서 허우적대고
그런 네가 내 안에서 다시 흐르고

다시 성분이 되고, 피부가 되고,
치약의 불소와 찌개의 소금기를 견뎌내던 거죽이 되어,
각질이 되어,

너는 내게서 떨어져나간다.
말라비틀어져 뜯겨나가며
경계, 섞여버린 경계에서 각질은 살점을 취한다.

병색이 짙은 경계에서 나오는 피를 앞니로 질겅이며 쫍쫍댄다.

머릿속이 창백하게 비어가는 각질의 시간이 만드는 소리,
쫍쫍.

쫍쫍 각질의 시간이 내는 소리

귀뚜라미 소리

지난밤엔 골드 키위 두 알과 피자 두 조각을 먹었고,
오늘 아침엔 옆구리 터진 유부초밥 다섯 알을 먹었고,
낮엔 청양고추 쫑쫑 다져넣은 계란말이를 해서 먹었다.

내가 먹은 것들을 떠올리며,
나는 참말 부자구나 하고 생각했다.

지난달엔 자코메티 전을 봤고,
지난주엔 존 버저의 책을 읽었고,
이번 주엔 영화 〈자전거 탄 소년〉을 봤고,
오늘 아침엔 금오산 폭포까지 혼자 올라갔다 왔다.
내가 본 것들과 내가 읽은 것들 내가 간 곳들을 떠올리며
나는 정말 자유롭구나 하고 생각했다.

죽어 있는 채로 살지 않겠다고 어느 봄날 다짐했었고,
그건 깨어져서는 안 되는 신과의 서원과 같았다.
내 목숨은 나만의 목숨이 아닌 것,

내 어린 아이들의 생이 통째로 내게 달려 있는 것.
그것이 신성이 아니면 무엇이 신성일까.

내가 먹고 본 것들을 떠올리자
내 힘으로 밥을 벌어,
내 힘으로 밥을 지어,
내 손으로 밥을 떠 내 입에 넣을 수 있다는 것.
내가 원하는 책을 사고 티켓을 살 수 있다는 것.
이거, 자유구나. 느껴졌다.

나의 집에 함께 사는 귀뚜라미는 그런 내게 말을 건넨다.

그러니 사람아,
이 어린 사람아.
혼자만 세상을 사랑한다고
세상은 널 사랑하지 않는다고 삐치지 좀 마.
혼자만 외롭다고 뾰루퉁하지 좀 마, 하고 말을 건넨다.

조금 더 넉넉해져봐.
조금 더 네가 가진 자유를 누려봐.
삐치지 좀 말아봐.

"쁘르르르르르."

그러니 이제 고만 울어, 하고 귀뚜라미가 내게 말을 건넨다.
정말이다.

귀뚜라미 소리, 귀뚤귀뚤이 아니에요.

뾰르르르 귀뚜라미 소리

눈 오는 소리

도닥 도닥 도닥 눈이 온다.
차고 깨끗한 공간을 걸어서 온다.
하얗고 부드럽게 한 폭, 한 폭 온다.

당신의 마당에 나의 장독대에, 할머니의 배추밭에, 앞집 아저씨의 자동차 위에, 동구 밖 라일락 가지 위에, 몽순이네 개집 위에 눈이 도닥 도닥 도닥 쌓인다.

폭신폭신한 솜이불처럼 언 땅을 덮어주고
아픈 마음, 미운 마음, 슬픈 마음 위에 도닥 도닥 도닥 쌓인다.

"힘들었나요? 가까운 이로부터 마음을 다쳤나요? 가족이나 친구, 연인에게 다치면 더 깊게 아프지요.

그래요, 우린 가까운 이들로 인해 더 많이 찔리고 베이고 아파요. 사람의 노릇이란 왜 이리 아프고 힘이 든 걸까요?

네, 그래요. 힘들어서 사람의 일이지요.

그러나, 다만 시리던 무릎이 한 번씩 따스해질 땐, 꺾인 무릎에 힘이 들어갈 땐, 우리 곁에 누군가 있기 때문인 거죠. 혹은 우리 곁의 누군가를 지키고 싶기 때문인 거죠. 누군가를 아꼈던 만큼, 누군가와 가까웠던 그만큼, 아팠나요. 많이 아팠나요."

이렇게 묻듯이 눈이 내린다.

그랬다면 우리 이렇게 생각하면 어떨까.
그만큼 내게 소중한 사람이 있구나,
그래서 살 만한 세상이구나,
그렇기에 그 사람도 나도 너무나 소중하구나, 하고 말이다.

도닥 도닥 도닥
눈이 온다.
차마 더럽혀질까 아까운 눈이.

내가 녹으면 봄이 온다고, 내가 덮었던 언 땅에 나는 스미고,
내가 녹아 냉이꽃 지천으로 피어날 거라고.

도닥 도닥 도닥
위로하는 눈이 온다.
따스한 봄을 약속하듯 흰 눈이 온다.

큰 눈이 온 다음에 비옥해지는 거라고,
봄이 오면 날 닮은 냉이꽃 피어날 거라고.
조용하게 천천히 흰 눈이 온다.

도닥 도닥 도닥.
봄을 약속하며 흰 눈이 온다.

눈이 오는 소리, 퍼엉 펑이 아니다. 도닥 도닥이다.

도닥 도닥 눈이 오는 소리

침묵의 소리

"눈에 보이지도 않는 소리에 무슨 뼈가 있다는 거야?" 하고 따지지 마세요.

소리에는 뼈가 있어요. 아무 말도 하지 않고 있으면 그 뼈가 보이지요. 그 뼈가 만져지지요.

아무 말도 하지 말고 일 분, 한 시간, 한 달, 한 계절을 보내볼까요, 우리? 그럼 정말 소릴 더 잘 들을 수 있게 될 거예요.
소리의 뼈도 볼 수 있게 될 거예요.

너 때문에 되는 게 하나도 없어.
너를 낳지 말았어야 했어.
너는 어쩜 그렇게 잘하는 게 하나도 없니?
항상 네가 문제야.
거 봐라, 그럴 줄 알았다. 내가 뭐랬냐?
너는 꼭 말을 그렇게 하더라.
넌 왜 그렇게 생각이 없냐?

어디 모자란 거 아냐?
네 처지를 좀 알아라.
이젠 질린다, 진짜.

어때요? 소리의 뼈가 보이나요?
심장 가운데로 푹 날아와 꽂힌 후 빠지지 않는, 가시보다도 굵은 바로 그것.

딱딱하고 단단한 바로 그것이 이제 만져지나요?
가장 가까운 이, 내가 좋아하던 이로부터 들어온 말들.
친구, 애인, 남편, 형제, 엄마, 아빠로부터 날아와 박힌 뼈다귀가 만져지나요?

형체가 없었기에, 날카로운지 몰라, 내 몸의 일부분이 될 뻔했던 걸 이제야 알겠나요?

이제야 보인다면, 만져진다면, 우리 그것을 빼내볼까요?

네가 문제야

빼내서 던져볼까요?
저 멀리로 던져버릴까요?

뭐, 어때요.
어차피 보이지도 않던 건데.
어차피 처음부터 내 것도 아니었던 건데.

떨그럭 떨그럭 침묵의 소리

소리의 뼈를 말하던 기형도를 생각하며.

문신 새겨지는 소리

문신 새겨지는 소리.

지울 수 없는 문신이 내 몸에 새겨지는 소리.

죽음까지 함께할 소리.

"사랑해."

일러스트 오리여인

시골에서 자라 뉴욕에서 미술 공부를 했고 다시 서울로 와
그림을 그리고 글을 쓰며 살고 있다.
지은 책 《우리말 꽃이 피었습니다》가 세종도서 문학나눔에 선정되었으며,
그 외 《마음이 보이면》 《수상한 드로잉 노트》 등이 있다.
인스타그램 **@theladyduck** (오리여인)